Le roi Littré Ier t'a fait venir dans son château fort pour te confier une mission. Pendant que vous montez les marches qui conduisent au dernier étage de la tour Est, il t'explique l'objet de ta mission.

– Chevalier, je vous conduis dans le scriptorium de mon château où travaillaient cinquante copistes sous les ordres de l'enchanteur Grevisse. Mon royaume immense est constitué d'une multitude de provinces. Les habitants parlent un dialecte, un patois différents dans chaque province. Le français, s'il est connu et parlé, est très mal écrit. Chacun écrit les mots à sa fantaisie. Mes ordres sont mal compris, je ne peux pas lire et comprendre les messages des gouverneurs de mes provinces. Il y a quelques années, j'avais demandé à l'enchanteur Grevisse d'écrire un recueil des règles d'usage de notre langue ; ce recueil a pour nom « grammaire ». Voilà un an qu'il a terminé son recueil et je voulais que sa grammaire fût recopiée en plusieurs exemplaires pour les diffuser dans chaque province du royaume. Ainsi, le français aurait été écrit de la même façon par chacun de mes sujets. L'unification de mon royaume en aurait été facilitée.

Or, le sorcier Errare a profité de mon absence pour pénétrer dans le château, enlever l'enchanteur Grevisse et ses copistes, voler le manuscrit et toutes ses copies. Jusqu'à la semaine passée, nous ne savions pas où était son refuge. Mais un copiste a réussi à s'échapper du domaine d'Errare.

Nous savons que l'enchanteur Grevisse est enfermé dans une salle d'un labyrinthe et que le sorcier a jeté un mauvais sort sur les copistes. Ceux-ci, sous une forme hideuse, recopient le manuscrit en faisant des fautes. Chacun est enfermé dans une salle différente du labyrinthe. Lorsque les mauvaises copies seront terminées, le sorcier Errare les diffusera dans mon royaume avec mon sceau. Ainsi mon projet d'unification sera réduit à néant.
Votre mission, chevalier, est de pénétrer dans le labyrinthe, de détruire les fausses copies, de délivrer et de ramener l'enchanteur Grevisse avec son authentique manuscrit. Au cours de votre aventures vous devrez trouver les quatre bonnes clefs qui ouvrent la porte de la pièce où sont cachés le manuscrit et le trésor d'Errare. Lis la suite p. 8, n° 1.

POUR RÉUSSIR TA MISSION

Ne lis pas les paragraphes de ce livre dans leur ordre numérique. Ne lis que ceux que tu as choisis. Au début de ton aventure, tu disposes de 20 points de vie. A chaque étape tu auras à répondre à une question. Réfléchis bien avant de répondre. Si, tu te trompes tu perdras 2 points de vie à enlever des 20 points de départ. Attention ! A chaque erreur, ton total de points de vie diminuera ! Si tu arrives à 0 point de vie, tu meurs et ton aventure se termine là. Mais parfois, et le moment te sera indiqué, tu pourras récupérer plusieurs points de vie.

Note bien ces points au fur et à mesure de tes étapes, cela te sera utile pour les combats avec les gardes ou avec les monstres. Pour cela tu dois comparer leurs points de vie aux tiens. Si ton total est supérieur au leur, tu as gagné et tu peux passer. Si c'est le leur qui est supérieur, tu as perdu et tu dois faire demi-tour au paragraphe qui te sera indiqué. N'oublie pas de noter sur ta carte pages suivantes où sont les monstres et les gardes.

Un seul chemin permet de réunir tous les renseignements, de trouver les clefs et de ramener l'enchanteur Grevisse sans mourir.

Attention ! tu n'as pas le droit de revenir en arrière lorsque tu as choisi une direction, sauf en cas de défaite.

Dessine ta carte au fur et à mesure de ton exploration dans le labyrinthe et prends en note les pièges. Si tu échoues une première fois, ce trajet te permettra ensuite d'avancer plus rapidement.

carte de vie

20								

clefs

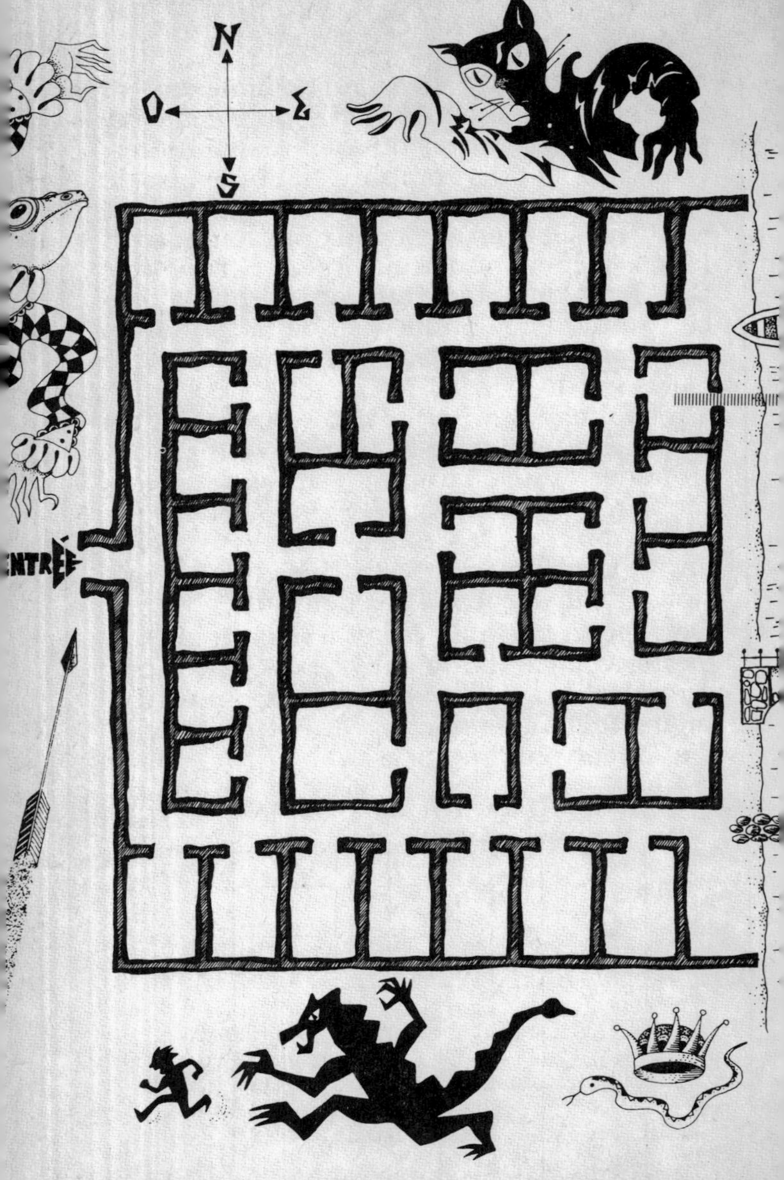
N
O
E
S
ENTRÉE

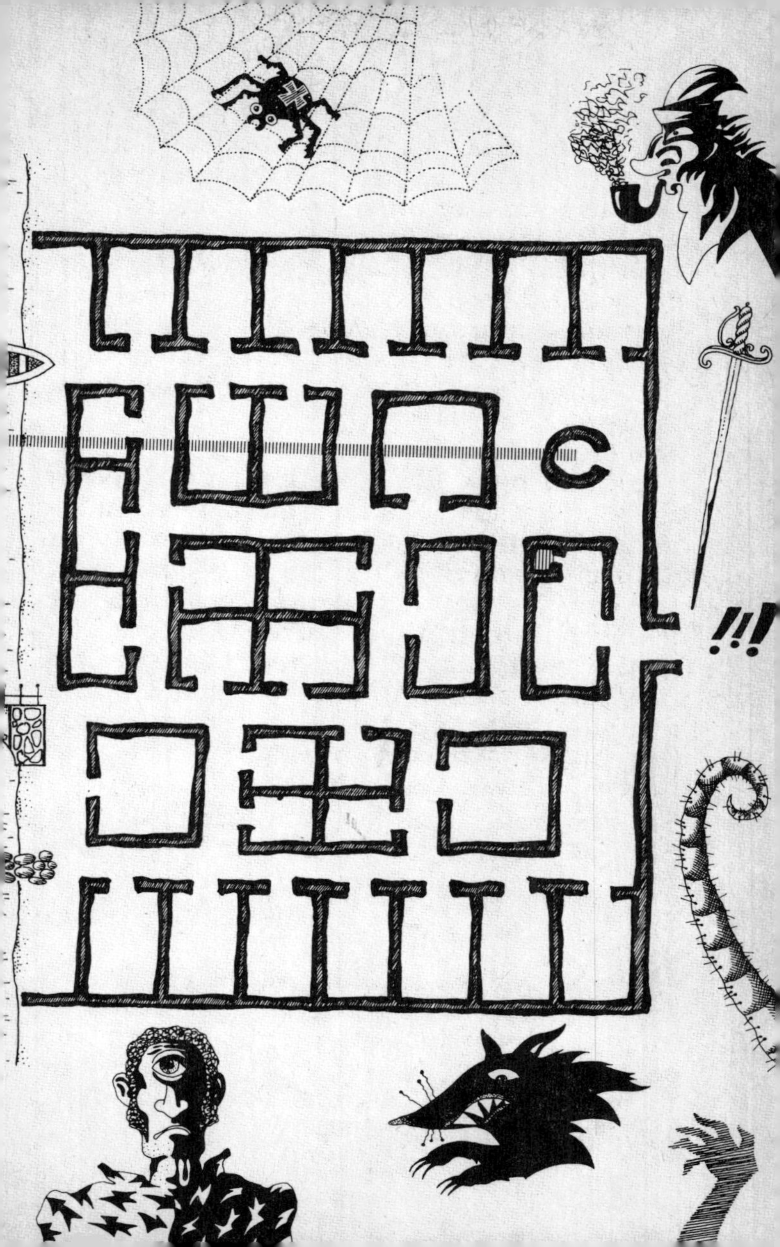
C
!!!

1 Quand arrive le jour du départ, tous les habitants du château sont là pour te souhaiter un voyage sans encombre. Après trois jours de marche à travers une forêt très épaisse, tu arrives enfin à la lisière du bois. Assis sur une souche, tu observes l'immense mur qui s'élève de l'autre côté de la clairière. A travers les arbres, on aperçoit une entrée sombre. L'entrée du labyrinthe penses-tu.
Tu te relèves et tu avances vers le labyrinthe. Te voilà dans les ténèbres d'un souterrain. Au-dessus de ta tête, incrustées dans le plafond, brillent des pierres précieuses qui diffusent une faible lumière. Quelques minutes d'arrêt sont nécessaires pour que tes yeux s'habituent à l'obscurité. Au bout d'un instant, tu commences à mieux percevoir le monde qui t'entoure. Des souris, des rats et des araignées s'enfuient à ton approche. Après avoir parcouru plusieurs mètres vers l'est, tu arrives à un croisement.
Si tu te diriges vers le nord, lis le n° **35**.
Si tu vas vers le sud, lis le n° **20**.

2 Le petit homme saute de joie.
— Parfait, chevalier, il fallait bien écrire :
Le chevalier et son écuyer sont partis en guerre, ils se sont battus avec l'ennemi, ils sont blessés.
La joie du nain te redonne du courage.
Lis le paragraphe n° **85**.

3 Le garde s'écroule, le sang s'écoule de ses blessures. En fouillant ses poches, tu trouves une clé dont le panneton a la forme d'un F. Tu mets la clé dans ton sac et tu vas rassurer l'homme. Il te montre une feuille chiffonnée, où figure une liste de mots :
une bouteille — le travail — une feuille — une merveille — un fauteuil — une grenouille — un portail — un portefeuille — une médaille — l'émail — une caille — de l'ail.
— Dans cette liste, quel est l'intrus ? te demande l'homme en haillons.
Tu penses que l'intrus est :
« le travail », lis le n° **26**.
« une médaille », lis le n° **43**.
« une merveille », lis le n° **14**.
« le portefeuille », lis le n° **46**.
« de l'ail », lis le n° **62**.

4 En sortant de la pièce, tu entends le bruit d'une rivière qui doit couler plus loin vers l'est.
Si tu vas à la rivière, lis le n° **244**.
Si tu préfères aller vers l'ouest, lis le n° **133**.

5 Ta rapidité te permet d'éviter les pinces monstrueuses. Tu enfonces ton épée dans la tête du scorpion géant qui meurt immédiatement.
Tu t'assieds pour manger un peu. Le repas te redonne des forces.

Ajoute 2 points de vie à ton total (ne dépasse pas 20 points de vie).
Lis le n° **18**.

6 Au fond de la fosse, il règne une obscurité totale. Tu rampes jusqu'à la paroi ; elle est trop lisse pour être escaladée. A l'aide de ton épée, tu creuses des entailles qui te donneront des prises pour sortir de la fosse. Ce travail prend beaucoup de temps, mais tu finis par émerger à la surface. Tu te reposes quelques instants et tu pars vers le nord. Lis le n° **8**.

7 Ce n'est pas la bonne réponse, lis le n° **321**.

8 Arrivé devant une porte, tu écartes les rideaux qui tiennent lieu de porte et tu jettes un coup d'œil à l'intérieur. Un troll à l'air misérable est assis sur un tabouret.

— Chevalier, lisez ces verbes conjugués au présent de l'indicatif. Combien sont écrits avec une faute ?

il rougit — il se marit — je réfléchis — je coure — il craind — tu pars — je résous — il surprend — il éteind.

Si tu penses qu'il y a 3 fautes, lis le n° **117**.
Si tu penses qu'il y a 4 fautes, lis le n° **97**.
Si tu penses qu'il y a 5 fautes, lis le n° **77**.

9 Le fléau d'armes du garde s'abat sur ton bouclier sans te blesser. Cette parade te donne du courage, tu accules le garde dans un coin et tu le transperces de ton épée.
A l'intérieur d'une de ses poches, tu trouves une clef au panneton en forme de M. Tu la mets dans ton sac. Tu trouves également un morceau de fromage qui te permet de reprendre des forces.
Ajoute 2 points de vie à ton total.
Par terre, traîne une feuille de papier sur laquelle est inscrite une liste de mots :
une fa____ade — un gla____on — dé____u — une gla____ière — une fa____ette — une dé____eption — grima____ant — effa____able — effa____ement.
— Pouvez-vous compléter ces mots en mettant c ou ç, demande l'homme enchaîné ?
Si tu mets 5 fois ç, lis le n° **105**.
Si tu mets 4 fois ç, lis le n° **65**.

10 Le visage de l'homme velu s'illumine.
— Bravo, chevalier, il fallait bien écrire :
Ce chêne là était le roi de la forêt, la tempête l'a déraciné.
Tu sors de la pièce, ton regard évite le cadavre de l'araignée géante.
Tu lis le n° **50**.

11 A ta réponse, le visage du petit bonhomme prend un aspect plus humain.
— Merveilleux, chevalier ! La phrase avait bien une faute.
Le rôti, tendre et juteux, est délicieux.
Tu lis le n° **52**.

12 Plus rapide que le rat, tu esquives son premier coup de griffes qui frappe ton bouclier. Tu préfères laisser l'animal attaquer de nouveau et attendre un moment d'inattention. Au bout de quelques minutes, l'horrible rat se fatigue, tu en profites pour lui transpercer le corps de ton épée. Il s'écroule frappé à mort.
Avant de repartir vers le sud, tu manges un peu. Le repas te donne des forces.
Tu ajoutes 2 points de vie à ton total.
Lis le n° **45**.

13 En sortant de la pièce tu te diriges vers l'est. Quelques mètres plus loin, une autre porte s'ouvre sur ta droite. Tu entres : un homme, le visage plein de verrues, est allongé sur une paillasse. Sur une table, quelques pages traînent, tu parcours la première ligne. L'homme se réveille et te dit :
— Je n'ai pas mis les accents circonflexes. Acceptez-vous de les mettre ? Sur quels mots mettez-vous un accent circonflexe ?

helas — foret — fete — hopital — fiere — colere — gout — celebre.
Si tu as mis un accent circonflexe sur « helas — tiede — fiere — colere — celebre », lis le n° **39**.
Si tu as mis un accent circonflexe sur « foret — fete — hopital — gout », lis le n° **33**.

14

Ce n'est pas la bonne réponse, lis le n° **54**.

15

— Mais non ! chevalier, ce n'est pas la bonne réponse. Il y avait une faute dans la phrase. Il fallait écrire :
Je te félicite, toi qui es réfléchi et courageux. Chevalier, tu réussiras.

> Règle : le sujet qui
> *Le pronom relatif qui est à la même personne que son antécédent.*
> *Dans la phrase, le sujet de être réfléchi est qui, l'antécédent est toi, 2e personne du singulier donc : es.*

Tu perds deux points de vie.
Tout à coup l'homme squelette se balance d'un pied sur l'autre dans la barque. Celle-ci tangue dangereusement.
Lis le n° **199**.

16

En allant vers le nord, tu aperçois une porte sur ta gauche.

Quelqu'un crie à l'intérieur. Tu ouvres. Dans un coin de la pièce, un garde, un fouet à la main, est en train d'infliger une correction à un homme vêtu de haillons. Tu dégaines ton épée et tu attaques le garde.
Points de vie du garde : 17. Tes points de vie ?
Si tu as plus de 17 points de vie, lis le n° **3**.
Si tu as moins de 17 points de vie, tu dois fuir. En sortant de la pièce tu vas vers le sud, lis le n° **82**.

17

Tu sors de la pièce.
Si tu n'as pas visité toutes les pièces qui sont plus à l'ouest, lis le n° **82**.
Si tu vas vers l'est, lis le n° **111**.

18

En observant le cadavre du scorpion, tu remarques une porte orientée vers l'ouest. Tu l'ouvres prudemment. Peut-être un autre scorpion t'attend-il à l'intérieur ?
Un nain, assis sur un tabouret, t'accueille :
— Chevalier, dans ces mots, des lettres manquent. Faut-il s ou ss ?
un ba____in — traver____er — un vi____iteur — au____i — enta____er — une sai____on — une mi____ion — une ca____ erole.
Dans combien de mots mettez-vous un seul s ?
Si tu as mis un seul s dans 4 mots, lis le n° **80**.
Si tu as mis un seul s dans 3 mots, lis le n° **69**.

19 En sortant de la pièce, tu hésites :
si tu allais vers l'ouest ? Dans ce cas, lis le n° **45**.
Vers l'est ? Alors lis le n° **274**.

20 Le passage aboutit à une porte, tu écoutes, mais tu n'entends rien. La porte s'ouvre sans difficulté. Un nain est assis sur un tabouret devant une table. Il écrit quelque chose. Te voyant, il te dit d'une voix sourde :
— Chevalier, vous allez subir votre première épreuve. Lisez cette phrase, a-t-elle une faute d'orthographe ?
Tu regardes ce qu'écrivait le nain et tu lis :
Il a raconté une histoire a dormir debout.
Tu penses qu'il y a une faute, lis le n° **38**.
Tu considères qu'il n'y a pas de faute, lis le n° **123**.

21 Te tenant la tête à deux mains, tu te traînes vers l'entrée. Horreur ! une lourde porte de fer descend lentement pour fermer l'ouverture. Tu tentes de te relever mais la douleur est trop forte, tu retombes à plat ventre. Tu rampes le plus rapidement possible vers la sortie. Mais, trop tard ! la porte se ferme juste devant toi. Un autre éclair jaillit de la porte et te frappe de nouveau.
Ainsi se termine ton aventure.

22 La porte ouverte, tu t'engages dans un escalier qui descend en tournant. L'escalier conduit à un souterrain qui semble se diriger vers l'ouest. Maintenant le sol est plat ; à peine as-tu parcouru quelques mètres qu'un bruit te fait tressaillir. Une grille vient de bloquer le passage derrière toi, impossible de faire demi-tour. Les pierres précieuses qui éclairent le souterrain s'éteignent soudain, tu dois continuer dans le noir. Après avoir marché quelques minutes, tu entends le bruit d'une rivière, des gouttes d'eau tombent du plafond. Le couloir passe sans doute sous une rivière. Encore quelques mètres, de nouveau des marches. Tu gravis une dizaine de marches, enfin un rai de lumière sous une porte ! Soulagé tu ouvres. Lis le n° **241**.

23 Tu ne peux pas éviter le coup d'épée de l'être invisible. Il faut fuir. Tu perds 2 points de vie. Lis le n° **95**.

24 A peine as-tu répondu, à ton grand étonnement, un visage commence à apparaître dans l'espace au-dessus du tabouret. Le visage sourit :

— Magnifique, chevalier. En effet, la deuxième phrase doit s'écrire :

Il se décide à faire ce qu'on lui a conseillé.

En sortant de la pièce, tu continues à observer ce corps qui se compose dans l'espace. Lis le n° **219**.

25 Le nain s'écroule ivre mort.

— Non ! chevalier, erreur ! 4 mots sont corrects, 3 sont mal écrits :
une nagoire → une nageoire — une genille → une guenille — le langaje → le langage.

> Règle : g — ge — gu
> *Devant e — i, le g donne le son [j].*
> *Il faut mettre un e après le g devant a et o quand le g doit conserver le son [j].*
> *Il faut mettre un u après le g devant e et i quand le g doit conserver le son [g].*
> *Attention ! les verbes en guer (naviguer) conservent l'u dans toute leur conjugaison (et pas dans l'adjectif verbal).*

Tu perds deux points de vie. Tu lis le n° **72**.

26 Ce n'est pas la bonne réponse. Lis le n° **54**.

27 Tu te précipites vers la poutre que tu as aperçue en entrant. En la mettant debout tu espères qu'elle arrêtera le plafond. Heureusement tu as suffisamment de force pour la soulever et la mettre dans le sens de la hauteur. Le plafond continue à descendre ; il appuie contre l'extrémité de la poutre : craquement sinistre, mais la poutre résiste, le plafond s'arrête. Les serrures de la porte se débloquent toutes seules. Tu es libre.

Tu te précipites dehors et tu continues vers le sud. Arrivé à une bifurcation, tu te diriges vers l'ouest. Une porte donne sur le sud mais tu préfères continuer car tu en as vu une autre, un peu plus loin.
Lis le n° **68**.

28

Tu mets tes clefs pour former PORC. A peine as-tu enfoncé la dernière clef qu'un éclair jaillit de la serrure et te transforme en porc, comme celui que tu as combattu.
Te voilà condamné à errer dans le labyrinthe jusqu'à la fin de tes jours. Ainsi se termine ton aventure.

29

Tu ne peux pas parer le deuxième assaut du scorpion. Une pince te blesse sérieusement à la jambe. Tu perds 2 points de vie.
Un dernier effort te permet de te dégager et de revenir sur tes pas.
Lis le n° **82**. N'oublie pas de déduire les deux points de vie.

30

Le regard de l'homme velu devient lugubre.
— Erreur ! chevalier, il fallait écrire :
Ce chêne-là était le roi de la forêt, la tempête l'a déraciné.

Règle la – l'a – là

la est un article, dans ce cas il précède un nom ;

la peut être un pronom personnel, il précède un verbe à un temps simple. Ex. : il la voit ;

l'a : l' est un pronom personnel et précède un verbe à un temps composé ; a est le verbe avoir. Ex. : il l'a vu ;

là marque le lieu et le temps.

Tu perds deux points de vie. Tu sors en évitant du regard le cadavre de l'araignée. Lis le n° **50**.

31

Tu tournes la poignée et la porte s'ouvre sur une grande pièce carrée. Un personnage d'à peine un mètre de haut est assis devant une table. Il a la peau tannée et la barbe en broussaille. Il est en train de lire un parchemin.

– Chevalier, regardez, combien de mots prennent un x au pluriel ?

travail – aveu – vaisseau – verrou – local – pneu – portail – hibou – défaut.

Si tu penses que 6 mots prennent un x, lis le n° **74**.

Si tu considères que 5 mots prennent un x, lis le n° **48**.

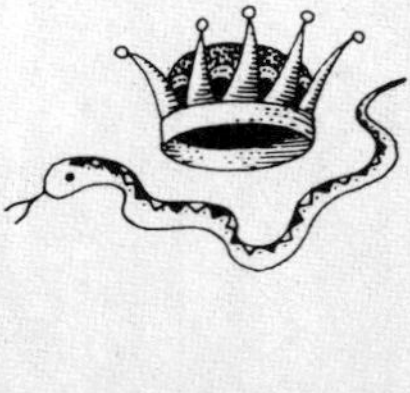

32 Ta réponse réveille brusquement le nain qui sort de son état hypnotique.
— Merveilleux ! chevalier, très bien ! Il y avait effectivement 4 fautes.
Pleuvoir et neiger sont des verbes impersonnels et ne sont conjugués qu'avec il.
Clore et choir sont des verbes défectifs et n'ont pas d'imparfait de l'indicatif.
Tu sors de la pièce et tu lis le n° **177**.

33 L'homme aux verrues saute de sa paillasse en criant :
— Bravo, chevalier, vous avez gagné !
En quittant la pièce, tu te diriges vers l'est. Le tunnel débouche sur une bifurcation.
Si tu vas vers l'est, lis le n° **68**.
Si tu vas vers le nord, lis le n° **16**.

34 Merveilleux, félicitations, chevalier ! Ce n'était pas facile. En effet la troisième phrase doit s'écrire :
Les gardes allèrent <u>saisir</u> le brigand quand il leur échappa.
Dans cette phrase « saisir » est bien un infinitif.
Tu sors pour te diriger vers le sud. — Mais, cet homme n'avait-il pas une bosse ? te demandes-tu en fermant la porte. Lis le n° **234**.

35 Au fond du couloir, une porte de fer ouvre sur le nord. Au centre

du panneau se trouve une petite plaque que tu fais coulisser. L'œil collé à l'ouverture tu aperçois un vieil homme aux cheveux ébouriffés et vêtu de haillons. A peine es-tu entré qu'il se rue vers toi, une feuille à la main.
— Chevalier, voici votre épreuve ! Y a-t-il une faute dans cette phrase ?
Ces légendes me rappellent l'Armorique et ses forêts.
Si tu penses qu'il y a une faute, lis le n° **93**.
Si tu n'y vois pas de faute, lis le n° **73**.

36

Le géant abat sa hache, tes réflexes te permettent d'esquiver le coup. A ton tour tu attaques, le garde est obligé de reculer sous ton assaut. Il ne voit pas le petit homme accroupi derrière lui. Le géant continue à reculer, se prend les pieds contre le petit homme, tombe en arrière. Sa tête cogne la table, il s'écroule à terre, assommé. Tu n'es pas un lâche, tu ne l'achèves pas, mais tu fouilles ses poches et trouves une clef dont le panneton a la forme d'un S.
Le petit homme te dit :
— Je suis obligé de vous faire passer une épreuve. Tous les mots de cette liste commencent par un « h », mais combien ont un « h » aspiré ?
héros — hameçon — héberger — hasard — hospice — horizon — hideux — hôpital — hennir — huche.
Si tu penses que 5 mots commencent par un « h » aspiré, lis le n° **208**.

Si tu n'en comptes que 4 commençant par un « h » aspiré, lis le n° **161**.

37 Au fond du coffre, il y a deux petites fioles. A l'intérieur du couvercle une inscription gravée dans le bois ne se déchiffre qu'avec beaucoup de peine, tant le texte est effacé :

Une eau de vie des forces te donnera.
Une eau de mort des forces te prendra.

Tu prends les deux fioles pour les observer à la lumière. L'une contient un liquide vert, l'autre un liquide rouge. Lequel vas-tu boire ?
Si tu bois le liquide vert, lis le n° **193**.
Si c'est le liquide rouge, lis le n° **235**.

38 Le visage du nain s'éclaire et il crie :
— Bravo, magnifique, vous avez gagné. Vous n'avez pas confondu la préposition « à » et le verbe « avoir ».
Lis le n° **13**.

39 L'homme aux verrues ne prend même pas le temps de se lever, il dit en bâillant :
— Les mots qui prennent un accent circonflexe sont : « forêt — fête — hôpital — goût ».
Tu as perdu deux points de vie. Tu sors de la pièce, le tunnel mène à une bifurcation.
Si tu vas vers l'est, lis le n° **68**.
Si tu prends vers le nord, lis le n° **16**.

Règle : l'accent circonflexe.
L'accent circonflexe remplace fréquemment une lettre disparue (souvent un s). Il faut la trouver dans un mot de la même famille : forêt, forestier — fête, festin — hôpital, hospitaliser — goût, déguster.

40 Tu quittes la pièce pour marcher toujours vers le nord. Quelques mètres plus loin, il y a une lourde porte de bois. Tout à coup, des appels à l'aide retentissent :
— Au secours, pitié !
Les cris proviennent de la pièce ! Tu te précipites pour ouvrir, mais la porte est fermée à clef. Un grand élan et un bon coup d'épaule ! La porte cède sous ta force. Tu te précipites à l'intérieur. Horreur ! une fosse est creusée juste derrière la porte, et tu atterris quelques mètres plus bas la tête la première.
Si tu as moins de 17 points de vie, lis le n° **102**.
Si tu as plus de 17 points de vie, lis le n° **6**.

41 Ce n'est pas la bonne réponse, lis le n° **207**.

42 En sortant tu te diriges vers le nord. Quelques mètres plus loin, sur ta gauche, on distingue une autre porte, semblable à la précédente. Tu entres. Un minuscule bonhomme au gros nez et aux longues oreilles est assis à une table.
— Entrez, chevalier, te dit-il avec un sourire narquois, entrez et lisez ceci :
Le rôti, tendre est juteux, est délicieux.
Cette phrase contient-elle une faute ?
Si tu penses qu'elle contient une faute, lis le n° **11**.
Si tu n'en vois pas, lis le n° **58**.

43 Ce n'est pas la bonne réponse, lis le n° **54**.

44 Ce n'est pas la bonne réponse, lis le n° **232**.

45 Tu arrives à une bifurcation.
Si tu vas vers le sud, lis le n° **89**.
Si c'est vers l'est, lis le n° **180**.

46 L'homme en haillons se relève, miraculeusement guéri :
— Merveilleux, chevalier, vous avez gagné !

> *Portefeuille est un des seuls mots masculins qui se terminent par lle. En effet, les noms masculins en ail – eil – euil – oil... se terminent par un l. Exceptions, les mots avec feuille, mais attention : cerfeuil.*

Tu repars vers le nord, immédiatement à gauche, tu trouves une porte.
Lis le n° **31**.

47 Ton réflexe te permet d'éviter le deuxième stalactite. Tu cours vers la sortie alors que les stalactites se détachant les uns après les autres, tombent autour de toi. En zigzaguant, tu atteins la porte sans être blessé. Lis le n° **280**.

48 Dès que tu as répondu, le visage du nain semble rajeunir.
— Bravo ! chevalier, les mots qui prennent un x au pluriel sont bien :
travail, travaux — aveu, aveux — vaisseau, vaisseaux — local, locaux — hibou, hiboux.
Lis le n° **42**.

49 Tes réflexes te permettent d'esquiver le premier coup d'épée. Tu parviens à éviter les autres assauts de l'être invisible, mais tu te fatigues rapidement. Du menton, le gnome t'indique l'encrier sur la table. Tu as compris, tu le prends et en jettes le contenu vers l'être invisible. La forme d'un garde apparaît, tu profites de sa surprise pour le tuer. Fouillant ses poches, tu découvres une clef dont le panneton a la forme d'un O.

Le gnome te tend la feuille sur laquelle il écrivait :

— Répondez aux questions par vrai ou faux !

1. Si j'écris il courra, je fais une faute d'orthographe.

2. Au futur, le verbe nettoyer prend un y.

3. Le verbe mourir prend deux r au futur.

4. Si j'écris nous jourons, je fais une faute.

Si, dans l'ordre, tu as mis FVFV, lis le n° **120**.
Si, dans l'ordre, tu as mis VFFV, lis le n° **160**.
Si, dans l'ordre, tu as mis FFVV, lis le n° **137**.
Si, dans l'ordre, tu as mis VVVF, lis le n° **178**.

50

Tu te retrouves à un carrefour.

Si tu veux aller vers l'est jusqu'à la rivière dont tu entends le courant, lis le n° **95**.

Si tu préfères la direction du sud, lis le n° **162**.

51

Ce n'est pas la bonne réponse, lis le n° **119**.

52

Tu sors de la pièce pour aller vers le nord. Tu arrives à une bifurcation. Dans le couloir est, apparaît une masse noire qui se dirige vers toi : un scor-

pion gigantesque armé de ses deux pinces. D'un bond de côté, tu échappes à l'énorme pince droite. Tu dégaines ton épée pour affronter le monstre.
Points de vie du scorpion : 15. Tes points de vie ?
Si tu as plus de 15 points de vie, lis le n° **5**.
Moins de 15 points de vie, lis le n° **29**.

53

L'élixir a un goût agréable. Il contient une substance magique dont tu sens les bienfaits immédiatement. Ajoute deux points de vie à ton total (attention ne dépasse pas 20 points).
Lis le n° **323**.

54

Désespéré, l'homme en haillons s'effondre en soupirant :
— Mais non, chevalier, votre réponse n'est pas bonne. L'intrus était « portefeuille », c'est un nom masculin se terminant en « euille ».

> Règle : mots en ail — aill — eil —eill — euil — euill — ouil — ouill.
> *Les noms masculins en ail — eil — euil... se terminent par un l ;*
> *les noms féminins par lle.*
> *Exceptions : les mots formés avec feuille, sauf cerfeuil.*

Tu perds deux points de vie. Tu repars vers le nord, immédiatement à gauche, on distingue une porte. Lis le n° **31**.

55 La porte donne sur une pièce sale et en désordre. Un nain attablé, la peau couverte de verrues, boit du vin. Il se lève, s'avance en titubant, il est ivre :

— Chevalier, regardez cette liste de mots, combien sont écrits sans faute ?

un bougeoir — navigable — une nagoire — nous naviguons — une genille — le langaje — une guirlande.

Si tu penses que 4 mots sont correctement écrits, lis le n° **106**.

Si tu n'en vois que 3, lis le n° **25**.

56 — Bien chevalier, vos réponses sont exactes. En effet :

— au passé composé, les verbes sont conjugués avec les auxiliaires « avoir » ou « être » ;

— les auxiliaires, « être » et « avoir », sont toujours conjugués au présent de l'indicatif ;

— « avaient » est à l'imparfait et non au présent de l'indicatif.

L'homme retourne à sa place :

— Ne vous inquiétez pas, tout va redevenir normal. A bientôt, j'espère. Bonne chance ! pour la fin de votre aventure.

Tu lis le n° **340**.

57 Dans le regard de l'homme passe un éclair de joie.

— Très bien, merveilleux ! chevalier. Cette phrase avait bien une faute. Elle doit s'écrire :

Détruites par une guerre impitoyable, les villes sont désertées.
La joie du vieil homme fait plaisir à voir.
Tu sors pour te diriger vers l'est.
Lis le n° **124**.

58 A ta réponse, le nez du petit homme devient plus gros et ses oreilles plus longues :
— Eh non ! chevalier, la phrase avait une faute.
Le rôti, tendre et juteux, est délicieux.

> Règle : et / est.
> *Et est une conjonction, mot invariable.*
> *Est est le verbe être et peut se remplacer par l'imparfait était.*

Tu perds deux points de vie. Lis le n° **52**.

59 Le Minotaure fonce sur toi et te blesse au ventre. Obligé de fuir vers l'ouest, tu t'arrêtes à la première bifurcation que tu trouves pour te reposer et soigner ta blessure.
Celle-ci t'enlève deux points de vie. Lis le n° **280**.

60 Tu arrives à une bifurcation, mais une porte s'ouvre sur ta droite. Tu entres. Un homme vêtu de vêtements en lambeaux te fixe de son regard vide. Une feuille de papier à la main, il semble t'ignorer complètement. Tu t'approches et prends la feuille :

____ 'est au combat que le chevalier, ____ 'est blessé.

— Vous devez remplacer les par s ou c, dit l'homme en remuant à peine les lèvres.

Si tu as mis s' en 1 et c' en 2, lis le n° **292**.

Si tu as placés c' en 1 et s' en 2, lis le n° **126**.

61 Il y a une bifurcation. Un couloir est orienté nord-sud, un autre va vers l'est.

Si tu vas vers le sud, lis le n° **259**.

Si tu choisis l'est, lis le n° **108**.

62 Ce n'est pas la bonne réponse, lis le n° **54**.

63 Le portrait du tableau s'anime un peu plus, et prend du relief.

— Magnifique, chevalier ! Il n'y avait bien sûr aucune faute. Vous n'avez pas confondu l'adjectif verbal et le participe présent.

Tu veux quitter la pièce. Mais où aller ? Si tu passes par la porte du fond à l'est, lis le n° **281**. Si tu sors par où tu es entré, lis le n° **76**.

64 Ton épée est à peine dégainée que l'araignée géante est déjà sur toi. Tu te jettes à plat ventre, tu roules sur le dos. L'araignée tente de te serrer dans ses pattes velues, mais tu lui enfonces à temps ton épée dans le ventre. L'animal monstrueux s'affale, frappé à mort.

Epuisé par ton combat, tu ouvres la porte et entres dans la pièce. Des milliers de toiles d'araignée sont accrochées aux murs et au plafond. Installé devant une table, un homme très velu rédige :

— Chevalier, voici votre épreuve, observez cette phrase :

Ce chêne ________ était le roi de la forêt, ________ tempête ________ déraciné.

Vous devez remplacer les blancs par « la », « là », « l'a ».

Dans quel ordre mettez-vous ces trois mots ?

Si tu mets, dans l'ordre :

« la-là-l'a », lis le n° **30**.
« là-l'a-la », lis le n° **87**.
« là-la-l'a », lis le n° **10**.

65 A ta réponse, l'homme est encore plus effrayé :

— Non ! chevalier, il fallait mettre 5 « ç » :
une façade — un glaçon — déçu — grimaçant — effaçable.

> Règle : ç
> *Il faut mettre une cédille sous le c devant a-o-u (qui sont des voyelles dures) pour avoir le son [s].*

Tu perds deux points de vie.

Une fois dehors, tu lis le n° **144**.

66 L'homme préhistorique lève sa massue au-dessus de sa tête et l'abat furieusement. Tu te baisses rapidement, l'arme frappe violemment la herse de fer. Mais, tu ne t'es pas retiré assez vite, la massue t'érafle tout le côté droit.
Obligé de fuir, tu cours en boîtant vers le sud ; au premier carrefour, tu prends vers l'est jusqu'au prochain croisement.
Tu perds deux points de vie. Lis le n° **300**.

67 Ce n'est pas la bonne réponse, lis le n° **286**.

68 Tu te diriges vers la porte qui ouvre sur le sud. Cette pièce, contrairement à celles que tu as vues, est très claire. Un petit homme, tout habillé de vert, te dévisage d'un air malicieux. Ton sixième sens t'avertit qu'il faut rester sur tes gardes.
— Chevalier, je vous félicite d'être arrivé jusque-là. Lisez bien les phrases suivantes, dans combien de phrases le verbe est-il mal accordé ?
Les difficultés et les échecs, rien ne décourage le véritable héros.
Le chevalier Libra ou le chevalier Glandra commanderont l'armée.
La princesse est malade, ni les troubadours ni les jongleurs ne peuvent la guérir.
Ni dame Aliana, ni dame Elvine ne peuvent épouser le vainqueur de l'épreuve.

Si tu penses que le verbe est mal accordé dans une phrase, lis le n° **232**.
Si tu considères que le verbe est mal accordé dans deux phrases, lis le n° **149**.
Si tous les verbes te paraissent bien accordés, lis le n° **44**.

69

Le nain saute de sa chaise et se précipite vers toi :
— Merveilleux, chevalier ! 3 mots prennent un seul « s », il s'agit de « visiteur — une saison — traverser ».
A peine a-t-il terminé sa phrase qu'il ouvre la porte et disparaît en courant.
Lis le n° **40**.

70

A ta réponse le regard de la créature difforme devient moins cruel :
— Parfait, chevalier. Il fallait bien mettre s'en en 2 et 3. Voici le texte correct :
Cette tâche est très dangereuse, mais soyez sans crainte, le chevalier s'en occupera. Si difficile que soit son devoir, il s'en acquittera sans faiblir.
Le bossu fait un geste de la main et tu sens des forces te revenir.
Tu gagnes deux points de vie. Ajoute-les à ton total.
Tu sors de la pièce et tu prends le couloir qui se dirige vers l'ouest.
Lis le n° **237**.

71

Un éclair de colère traverse le regard du petit homme. Il se précipite sur les livres et te les jette à la figure.
— Mais non, imbécile, âne bâté, il fallait mettre son une seule fois !
Le chevalier et son écuyer sont partis en guerre, ils se sont battus avec l'ennemi, ils sont blessés.

> Règle : son/sont
> *Son est un adjectif possessif et peut se remplacer par ses.*
> *Sont est le verbe être et peut se remplacer par étaient.*

Avant d'être enseveli par l'avalanche de livres, tu t'enfuis de la pièce.
Tu perds deux points de vie. Lis le n° **85**.

72

Tu continues vers l'est ; deux portes, l'une à gauche l'autre à droite, s'offrent à toi. Tu préfères celle de gauche.
Un homme vêtu de haillons est enchaîné au mur du fond par le bras gauche. Il semble effrayé par quelque chose. Un garde, armé d'un fléau d'armes, surgit de derrière la porte, tu fais face.
Points de vie du garde : 15. Tes points de vie ?
Si tu as plus de 15 points de vie. lis le n° **9**.
Avec moins de 15 points de vie, lis le n° **83**.

73 – Magnifique, chevalier, cette phrase ne contient aucune erreur ! Depuis que tu as donné ta réponse, tu as l'impression que le vieil homme a rajeuni. Quittant la pièce, tu vas vers l'est. Tu arrives à un croisement, mais une porte s'ouvre sur ta gauche. Lis le n° **55**.

74 Une fois que tu as répondu, le nain semble plus fatigué, plus las.
– Non ! chevalier, cinq mots prennent un x au pluriel :
travail, travaux – aveu, aveux – vaisseau, vaisseaux – local, locaux – hibou, hiboux.

> Règle : pluriel des noms
> *Les mots se terminant au singulier par eau-au-al-ail-eu, ont leur pluriel en eaux-aux-aux-aux-eux, sauf landaus, bals, carnavals, navals, détails, portails, rails, pneus, bleus.*
> *Attention aux mots en ou qui prennent un s, sauf, genou, caillou, bijou, chou, pou, joujou, hibou, qui prennent un x.*

Tu perds deux points de vie. Lis le n° **42**.

75 Ce n'est pas la bonne réponse, lis le n° **171**.

76 Une fois sorti de la pièce, tu vas vers le nord. Arrivé à une bifurcation, tu prends vers l'ouest. Tu laisses une porte sur ta droite pour aller à la suivante. La pièce dans laquelle tu pénètres est envahie de toiles d'araignées. Un homme pourvu d'une tête pareille à celle d'une mouche est immobile, dans le seul endroit épargné par les toiles d'araignées.

— Entrez, chevalier ! Je vous en supplie, répondez vite et correctement à ceci :

A la rivière ___1___ vous arriverez, vous traverserez par le bac ___2___ par le pont.

Vous devez remplacer les blancs par <u>ou</u> ou bien par <u>où</u>.

Si tu mets « où » en 1 et « ou » en 2, lis le n° **81**.
Si tu fais l'inverse : « ou » en 1 et « où » en 2, lis le n° **249**.

77

Ce n'est pas la bonne réponse, lis le n° **117**.

78

Tu es juste devant la porte à double battants.

Reviens-tu sur tes pas vers l'ouest, pour explorer le couloir qui se dirige vers le nord ? Dans ce cas, lis le n° **104**.

Tu entends le bruit d'une rivière qui doit couler plus loin vers l'est. Si tu y vas, lis le n° **134**.

79

A ta réponse, le nain tire de plus belle sur sa pipe.

— Mais non ! chevalier, il n'y avait que deux fautes.

Conclure s'écrit nous « concluions ».
Balayer s'écrit vous « balayiez ».

> Règle : l'imparfait de l'indicatif.
> *Aux deux premières personnes du pluriel de l'imparfait de l'indicatif :*
> *— les verbes en yer s'écrivent yi : balayiez ;*
> *— les verbes en ier s'écrivent ii : criions ;*
> *— les verbes en iller s'écrivent illi : nous habillions ;*
> *— les verbes en gner s'écrivent gni : nous gagnions.*

La fumée, toujours plus nauséabonde, te fait étouffer.
Tu perds deux points de vie. Lis le n° **224**.

80

Le nain se prend la tête entre les mains.
— Non ! chevalier, trois mots prennent un « s », il s'agit de « visiteur — une saison — traverser ».

> Règle : s/ss
> *Entre deux voyelles, s donne le son [z].*
> *Pour obtenir le son [s], il faut mettre ss.*
> *Dans les autres cas, s donne le son [s].*
> *Une consonne n'est jamais suivie de ss.*

Tu perds deux points de vie. Lis le n° **40**.

81 A ta réponse, les toiles d'araignées disparaissent comme par magie.
— Merci, chevalier, votre réponse est exacte, te dit l'homme mouche. La phrase s'écrit bien :
A la rivière où vous arriverez, vous traverserez par le bac ou par le pont.
— Tenez, mangez, continue l'homme en te tendant un sucre. L'aliment restaure tes forces.
Tu ajoutes deux points de vie à ton total (attention ne dépasse pas 20 points de vie).
Lis le n° **145**.

82 Arrivé à un croisement, tu trouves une porte ouvrant sur le sud.
Si tu prends la porte sud, lis le n° **13**.
Si tu vas vers l'est, lis le n° **68**.
Si tu préfères le nord, lis le n° **16**.

83 Le fléau d'arme s'abat sur ton bras. Blessé, tu dois t'enfuir. En quittant la pièce, tu te diriges vers l'ouest.
Tu perds deux points de vie.
Lis le n° **35**.

84 L'air soupçonneux du muet devient nettement hostile. Celui-ci prend un bâton et écrit sur le sable qui recouvre le sol :

« Il n'y a pas de faute, la phrase exacte est bien : »
Au cours de son aventure, le chevalier a rencontré un détachement ou une hostilité profonde.

> Règle : accord des adjectifs qualificatifs joints par ou
> *Dans ce cas, le plus souvent, l'adjectif s'accorde avec le dernier nom.*

Tu perds deux points de vie.
Tu sors de la pièce et tu lis le n° **209**.

85

En sortant de la pièce, tu continues vers l'est. Au carrefour suivant, le chemin continue vers l'est, un autre va vers le sud et tu as une porte au nord.
Tu veux ouvrir la porte, mais un craquement inquiétant t'oblige à faire volte-face. Une immense silhouette noire se rue vers toi. A mesure qu'elle approche, tu la distingues mieux : paralysé par la peur, tu reconnais une araignée géante d'au moins un mètre de long. L'araignée s'approche plus près encore, tu tires ton épée, prêt à affronter le monstre.
Points de vie de l'araignée géante : 17.
Tes points de vie ?
Si tu en as plus de 17, lis le n° **64**. Si tu en as moins de 17, lis le n° **131**.

86

– Très bien chevalier ! coasse l'homme-grenouille, très bien ! On doit bien avoir :

Quand on est peureux, on n'ose pas sortir la nuit car on n'y voit rien.
L'homme-grenouille saute de son tabouret, tu as le sentiment qu'il se métamorphose en véritable humain.
Une fois dehors, tu poursuis ta route vers l'est. Lis le n° **60**.

87 Ce n'est pas la bonne réponse, lis le n° **30**.

88 Tu échanges les gobelets et tu bois une gorgée d'un vin pétillant et délicieux. La vieille dame revient tenant une soupière fumante. Le contenu sent rudement bon. Tu bois une nouvelle gorgée de vin, mais cette fois ta gorge est en feu...
— Ah ! ah ! rit la vieille femme, vous ne m'avez pas fait confiance, tant pis pour vous !
Tu sombres dans le sommeil. Quelques minutes plus tard, tu te réveilles dans le couloir devant la porte.
Tu perds deux points de vie. Lis le n° **287**.
phe n° **287**.

89 Tu prends le couloir qui se dirige vers le sud. Sur ta droite, une porte. Tu te retrouves dans une pièce sans meuble, une poutre traîne dans un coin.
Au fond un homme dort, allongé sur une paillasse. Tu t'approches pour le réveiller mais tes cris ne servent à rien. Tu tends la main

pour le secouer, ta main passe au travers de son corps comme dans le vide. Tu es l'objet d'une illusion d'optique.
A ce moment-là, un bruit te fait sursauter. Les serrures de la porte se ferment toutes seules. Tu te précipites, trop tard ! tu es prisonnier ! C'est affreux : le plafond s'abaisse...
Si tu as plus de 15 points de vie, lis le n° **27**.
Si tu en as moins de 15, lis le n° **135**.

90

Le liquide ne t'inspire aucune confiance, tu reposes la fiole dans la niche et tu continues ton chemin.
Lis le n° **323**.

91

Dès que tu as donné ta réponse, la voix de tout à l'heure, de plus en plus lointaine, se fait entendre :
— Erreur, chevalier. C'est la deuxième phrase qui avait une faute, elle doit s'écrire :
Il se décide à faire ce qu'on lui a conseillé.

> Règle : ce/se
> *ce est un adjectif ou un pronom démonstratif.*
> *se est un pronom personnel réfléchi. Il précède toujours immédiatement un verbe.*
> *Si on conjugue le verbe, on peut remplacer se par me — te. Ex. : il se cache — je me cache — tu te caches.*

A peine la voix mystérieuse a-t-elle terminé son explication que tu ne l'entends plus. Un silence très lourd règne dans la pièce.
Tu perds deux points de vie.
Tu sors et tu lis le n° **219**.

92 Tu es heureux d'avoir traversé la rivière sans problème. Tu marches vers l'est. Rapidement le couloir, avec les salles qui se succèdent, reprend. Tu ouvres la première porte à gauche. Un homme, un bandeau sur l'œil droit, t'accueille.
— Mes félicitations, chevalier, vous venez de terminer la première partie de votre quête. Pouvez-vous trouver la réponse à cette épreuve ? Dans la liste de mots suivante, les mots vont par deux. Observez-les et dites-moi combien vous trouvez de fautes ?
saler, ressaler
bataille, battre
siffler, persiffler
charrette, chariot
souffler, boursoufler
tonnerre, détonner
Si tu penses qu'il y a 2 fautes, lis le n° **171**.
Si tu relèves 3 fautes, lis le n° **138**.
Si tu vois 4 fautes, lis le n° **75**.

93 — Erreur, chevalier ! Cette phrase ne contient aucune faute.

Règle : ces/ses
ces est un adjectif démonstratif, pluriel de ce-cet-cette.
ses est un adjectif possessif, pluriel de son et sa.
Il faut écrire ses quand on peut dire les siens ou les siennes.

Tu perds deux points de vie que tu enlèves de ton total.
Sorti de la pièce, tu poursuis vers l'est.
Tu arrives à un croisement, mais une porte s'ouvre sur ta gauche. Tu y vas.
Lis le n° **55**.

94

Tu te retrouves sur la rive est de la rivière ; quelques mètres plus loin, un couloir se prolonge vers l'est.
Lis le n° **175**.

95

Sur la rive, au bout d'un ponton, une cloche est suspendue et un panneau indique : « Pour traverser faites tinter la cloche. »
Un peu plus au sud, on distingue, dans l'ombre, la silhouette d'un pont de bois.
Si tu utilises la cloche, lis le n° **121**.
Si tu veux traverser la rivière par le pont, lis le n° **244**.
Si tu préfères poursuivre vers le sud pour trouver un passage plus sûr, lis le n° **134**.

96 Ce n'est pas la bonne réponse, lis le n° **169**.

97 Le troll se lève de son tabouret et se précipite vers la porte, il a à peine le temps de t'expliquer :
— Merveilleux, chevalier ! il y avait bien 4 fautes.
Il se marit → se marier donc il se marie ;
je coure → courir donc je cours ;
il craind — il éteind → verbes en indre donc il craint — il éteint ;
résoudre est un verbe en soudre donc je résous ;
moudre est un verbe en oudre donc je mouds.
Quittant la pièce, tu arrives à une bifurcation, tu te diriges vers l'ouest jusqu'au fond du couloir. Lis le n° **35**.

98 Encore un peu sonné, tu continues ta marche vers le nord. Là, une bifurcation en T : un couloir achemine vers l'ouest, une porte donne sur l'est.
Avec la plus grande prudence tu entrouves la porte. Un homme bossu est à son bureau, il écrit. Lorsqu'il relève la tête, tu remarques ses yeux très particuliers, semblables à des yeux de guêpe.
— Entrez, chevalier, dit-il d'une voix mieilleuse. Y a-t-il une faute dans la phrase que je viens de tracer ? Tu lis :

Blesser, le héros a de la peine à continuer son combat.
Si tu relèves une faute, lis le n° **213**.
Si tu penses qu'il n'y en a pas, lis le n° **122**.

99 Avant que tu aies eu le temps de te protéger de ton bouclier, le rat t'a donné un coup de griffes. Tu es obligé de battre en retraite en courant vers le nord. Ta blessure te fait mal, elle demande des soins.
Tu perds deux points de vie.
Lis le n° **61**.

100 Ta réponse fatigue un peu plus ton examinateur.
— Erreur, la phrase ne contient aucune faute.
Le chasseur appelle ses chiens et les emmène dans la plaine.

> Règle : le-la-les, placés devant un verbe.
> *Ces mots sont des pronoms personnels compléments. Le verbe s'accorde toujours avec son sujet.*

A peine a-t-il terminé que l'homme aux grandes moustaches s'affale sur sa chaise, ronflant encore plus fort.
Tu perds deux points de vie.
Reparti, tu te diriges vers le sud.
Lis le n° **61**.

101 Très bien, chevalier !
Il y avait effectivement une faute dans la première phrase. Il fallait corriger :
Je te félicite, chevalier, toi qui es réfléchi et courageux, chevalier, tu réussiras.
Le sujet de « être réfléchi » est « qui » dont l'antécédent est « toi » (2e personne du singulier).
L'homme squelette reprend sa perche et te mène sur la rive est de la rivière. En le quittant, tu remarques que la chair a recouvert le squelette que tu avais vu quelques minutes plus tôt. Lis le n° **92**.

102 Au fond de la fosse, il règne une obscurité totale. Tu rampes jusqu'à la paroi : elle est trop lisse pour être escaladée. A l'aide de ton épée, tu creuses des entailles : ces prises, tu l'espères, te donneront une chance de sortir du trou. Mais ce travail t'épuise et tu retombes plusieurs fois. Tes erreurs dans les épreuves précédentes t'ont trop fatigué, tu ne peux pas te tirer de là. Et tu réalises que tu es condamné à y mourir, lorsqu'une voix se fait entendre :
— Pas de chance, adieu, chevalier ! Le courage ne suffit pas toujours !
Ainsi se termine ton aventure dans le labyrinthe.

103 Quelques mètres plus loin, tu vois, dans un renfoncement, un banc de bois. Tu as vite repéré que la plan-

che, sur laquelle on s'assied, se soulève. Le banc cache un coffre contenant de la nourriture. Tu as très envie de te reposer et de reprendre des forces. Mais peut-être est-ce un piège ! Méfiance !
Si tu veux te reposer quand même, t'asseoir et manger, lis le n° **115**.
Si tu préfères continuer vers l'ouest pour entrer dans la première salle à gauche, lis le n° **188**.

104

Tu reviens sur tes pas vers l'ouest, puis tu tournes vers le nord et ouvres une porte qui donne à l'est. Au centre de la pièce, un personnage étrange, moitié homme, moitié chat est assis devant une table.
— Chevalier, voici votre épreuve, dit la créature d'une voix miaulante :
Le pont qui enjambe la rivière est ___1____ solide, on ne ___2____ pas s'y aventurer sans risque.
Vous devez remplacer les blancs par « peu » ou « peut ».
Si tu mets « peu » en 1 et « peut » en 2, lis le n° **324**.
Si tu mets « peu » en 2 et « peut » en 1, lis le n° **236**.

105 Ta réponse redonne des forces à l'homme.
— Merveilleux ! chevalier. Il fallait évidemment mettre 5 ç :
une façade — un glaçon — déçu — grimaçant — effaçable.
D'un coup d'épée, tu casses la chaîne pour libérer l'homme en haillons qui se précipite vers la porte et disparaît.
Tu sors à sa suite et tu lis le n° **144**.

106 L'ivresse du nain disparaît miraculeusement.
— Merveilleux, s'écrie-t-il, 4 mots sont effectivement corrects et 3 sont mal écrits, il s'agit de :
une nageoire — le langage — une guenille.
N'oubliez pas que les verbes en « guer » (naviguer) conservent le « u » dans toute leur conjugaison.
Tu t'en vas et tu lis le n° **72**.

107 Mais non, chevalier ! erreur ! il y a deux fautes. Il faut écrire :

des roses blanches
des foulards rouge foncé
des rubans cerise

> Règle : les adjectifs de couleur
> *Un seul adjectif pour une couleur : accord. Ex. : des roses blanches.*
> *Deux adjectifs pour une couleur : pas d'accord. Ex. : rouge foncé — bleu clair.*
> *Un nom exprimant par image une couleur : pas d'accord. Ex. : cerise, olive, marron.*

Dès que le petit homme a terminé son explication, il retourne à son travail.
Tu perds deux points de vie. Lis le n° **230**.

108 A la bifurcation, tu hésites sur le chemin à prendre. Tout à coup, un bourdonnement, qui augmente de seconde en seconde, semble venir du plafond. Une guêpe énorme surgit d'une anfractuosité, ses six pattes prêtes à t'agripper, ses yeux à facettes brillant de fureur, son aiguillon dressé pour l'attaque.
Points de vie de la guêpe géante : 13.
Tes points de vie ?
Si tu as plus de 13 points de vie, lis le n° **165**.
Si tu en as moins de 13, lis le n° **255**.

109 Après ta victoire sur le garde et ta bonne réponse, ton examinateur en haillons est de plus en plus heureux de te voir.
— Très bien, chevalier ! Dans la première phrase, le verbe est bien à l'impératif ; « toi » est un pronom complément, cette phrase s'écrit donc :
Rappelle-toi les conseils de l'enchanteur !
La deuxième phrase est au présent de l'indicatif.
Difficile de se débarrasser de cet homme enthousiaste qui veut absolument te suivre.
Lis le n° **78**.

110 Ton réflexe te permet d'éviter la deuxième stalactite. Tu cours vers la sortie, maintenant les stalactites se détachent les unes après les autres. Dans ta fuite, tu butes contre un rocher et tu tombes de tout ton long. Avant que tu n'aies pu faire un geste pour te relever, une stalactite s'écrase sur toi et son extrémité pointue te blesse cruellement le dos.
Ainsi se termine ton aventure dans le labyrinthe.

111 Tu fais quelques mètres, il y a une porte sur ta droite. Un nain assis dans un fauteuil, la tête entre ses mains, te regarde venir.
— Chevalier, lisez ces verbes au présent de l'indicatif, combien voyez-vous de fautes ?

nous nous assoyons (s'asseoir) — elle boue (bouillir) — nous moudons (moudre) — je meus (mouvoir) — vous disez (dire) — tu vaincs (vaincre) — j'ois (ouïr) — je joins (joindre) — je haïs (haïr) — je croîs (croître).
Si tu penses qu'il y a 6 fautes, lis le n° **96**.
Si tu en vois 4, lis le n° **247**.
Tu comptes 5 fautes ? lis le n° **169**.

112 – Mais non ! coasse de plus belle l'homme grenouille. Mais non ! Vous faites erreur, il fallait mettre :
Quand on est peureux, on n'ose pas sortir la nuit, car on n'y voit rien.

> Règle : on/on n'
> *Quand le pronom indéfini on est sujet d'un verbe commençant par une voyelle, il faut le remplacer par il pour savoir s'il faut mettre la négation n'.*
> *On peut également chercher la deuxième partie de la négation (pas, rien, jamais...).*

Les cuisses de l'homme grenouille grossissent sous tes yeux.
Tu perds deux points de vie.
Tu poursuis ta route vers l'est. Lis le n° **60**.

113 Tu décides de franchir le gué. Avec prudence, tu poses ton pied gauche sur la première pierre, puis le droit sur la seconde. Tu es rassuré, les premiers

mètres sont si faciles ! Mais alors que tu es à mi-chemin, une chauve-souris fonce sur toi, tu te baisses pour l'éviter. Sa première offensive est esquivée. La chauve-souris se prépare à un second piqué. Tu précipites tes pas sur les pierres branlantes...
Si tu as plus de 13 points de vie, lis le n° **94**.
Tu en as moins de 13 ? lis le n° **199**.

114

Ce n'est pas la bonne réponse, lis le n° **272**.

115

Tu as décidé de te reposer et de manger. La nourriture est là, à ta disposition dans le coffre. Tu t'assieds et tu manges. Voilà qui te redonne des forces.
Ajoute 4 points de vie à ton total (ne dépasse pas 20 points).
Après un moment de repos, tu repars vers l'ouest pour entrer dans la première salle à gauche. Lis le n° **188**.

116

Ce n'est pas la bonne réponse, lis le n° **276**.

117

Pris de panique, le troll se lève et se réfugie dans un coin de la pièce. Tu tentes de le rassurer, en vain. Il crie :
— Non ! chevalier, il y a 4 fautes !

il se mari~~t~~, verbe marier, donc il se marie ;
je cour~~e~~, verbe courir, donc je cours ;
il crain~~d~~, verbe craindre, donc il craint ;
il s'étein~~d~~, verbe éteindre, donc il s'éteint ;
par contre je résous est bien écrit, verbe résoudre donc je résous.

Règle : le présent de l'indicatif, terminaisons des 3 pers. du sing.

	er	*ir-re oir*	*pouvoir valoir vouloir*	*indre soudre*	*dre*	*aître*
je	*...e*	*...s*	*...x*	*...s*	*...ds*	*...ais*
tu	*...es*	*...s*	*...x*	*...s*	*...ds*	*...ais*
il	*...e*	*...t*	*...t*	*...t*	*...d*	*...aît*

Tu perds deux points de vie.
Tu sors de la pièce ; arrivé à une bifurcation, tu te diriges vers l'ouest jusqu'au fond du couloir. Tu lis le n° **35**.

118

Continuant vers l'est, tu arrives à la dernière pièce, sur ta gauche, avant la rivière. Tu te méfies d'un nouveau piège. Au milieu de la porte, une petite ouverture est aménagée. Tu regardes par le judas : un gnome à quatre pattes sur une table, est en train d'écrire. Une épée est posée contre le mur du fond. Rien d'autre, apparemment. Prudemment, tu entres. Au bruit de tes pas, le gnome se retourne et te

jette un regard horrifié. A ce moment, tu as le sentiment que quelqu'un vient de bouger dans la pièce. Mais, rien ! Trop tard, tu te rends compte que l'épée se déplace seule dans l'espace ! Il faut combattre un être invisible.
Points de vie de l'être invisible : 15. Les tiens ?
Si tu as plus de 15 points de vie, lis le n° **49**.
Si tu en as moins de 15, lis le n° **23**.

119 Le portrait du tableau commence à s'effacer.
— Non ! chevalier. Il n'y avait aucune faute.

> Règle : participe présent/adjectif verbal
> *Le participe présent est invariable et se termine par ant. Le plus souvent il est précédé de en (phrase 1).*
> *L'adjectif verbal en ant s'accorde et ne doit pas être confondu avec le participe présent. Pour éviter cette erreur, il faut mettre le nom masculin au féminin.*

L'explication est terminée, le tableau au portrait est lui aussi tout blanc, comme l'autre.
Tu perds deux points de vie.
Si tu passes par la porte du fond, à l'est, lis le n° **281**.
Tu sors par où tu es entré ? Lis le n° **76**.

120 Ce n'est pas la bonne réponse, lis le n° **160**.

121 Dès que la cloche tinte, une barque apparaît. A l'arrière, un homme-squelette manie une perche. Il amarre la barque au ponton et invite à monter. Vous vous dirigez vers la rive est.
Au milieu de la rivière, l'homme-squelette arrête son embarcation !
— Pour continuer, il faut répondre à cette question, dit-il en te tendant un parchemin.
Tu lis :
Je te félicite, chevalier, toi qui est réfléchi et courageux. Chevalier, tu réussiras.
— Chevalier, observez bien les verbes de ces phrases et dites-moi s'il y a une faute.
Si tu penses qu'il y a une faute, lis le n° **101**.
Si tu n'en vois pas, lis le n° **15**.

122 Tu as l'impression que la bosse de l'homme frémit un peu.
— Non chevalier, il y a là une faute !
Blessé, le héros a de la peine à continuer son combat.

> Règle : terminaison en e/er
> *On reconnaît l'infinitif er, quand il peut être remplacé par l'infinitif d'un verbe comme prendre. Ex. : il a de la peine à prendre.*
> *Dans le cas contraire, c'est le participe passé (pris, le héros) en é.*

Pas très rassuré, tu sors de la pièce.
Tu perds deux points de vie. Lis le n° **108**.

123 Le nain te sourit d'un air méchant et dit froidement :
— Faux la phrase s'écrit :
Il a raconté une histoire à dormir debout.

> Règle : a/à
> *à accentué est une préposition, mot invariable ;*
> *a, sans accent, est le verbe avoir et peut se remplacer par avait.*

Tu perds deux points de vie.
Tu sors de la pièce et tu lis le n° **13**.

124 Tu arrives à un croisement en T. Tu veux te diriger vers le sud, quand tu remarques que le sol est jonché d'ossements. Dans un renfoncement, un rat géant s'applique à ronger des os. Il s'interrompt pour lever les yeux sur toi. Il mesure au moins un mètre de long. Avant que tu n'aies pu faire un geste, il bondit sur toi.
Points de vie du rat géant : 13. Les tiens ?
Si tu as plus de 13 points de vie, lis le n° **12**.
Moins de 13 ? lis le n° **99**.

125 Le personnage aux pustules se relève, un sourire aux lèvres :
— Très bien, chevalier ! Il n'y a aucune faute dans cette phrase. Les participes passés « étonnée » et « montés » s'accordent comme des adjectifs qualificatifs.
Tu laisses le nain à sa joie. Cette épreuve t'a

semblé bien simple. Avant de continuer, tu te reposes un peu et tu gagnes deux points de vie que tu ajoutes à ton total (ne dépasse pas 20 points). Quittant la pièce, tu prends vers l'est. Lis le n° **262**.

126

Il faut tendre l'oreille pour entendre ce que l'homme murmure.
— Très bien, chevalier ! réponse exacte, la phrase est donc :
C'est au combat que le chevalier s'est blessé.
« S'est blessé » est bien un verbe pronominal.
A la fin de l'explication, la voix de l'homme devient plus audible.
Tu repars et tu lis le n° **300**.

127

A ta réponse, le regard de l'homme étincelle de cruauté.
— Mais non ! crie-t-il, il fallait mettre sans en 1 et 4. Le texte doit s'écrire :
Cette tâche est très dangereuse, mais soyez sans crainte, le chevalier s'en occupera. Si difficile que soit son devoir, il s'en acquittera sans faiblir.

Règle : sans/s'en
Il ne faut pas confondre sans (pas de) et s'en (formé de deux mots) qui peut se décomposer en se en.
S'en fait partie d'un verbe pronominal, il peut se remplacer par m'en. t'en.

Le bossu fait un geste de la main et une vive douleur te prend à la tête. Tu perds deux points de vie.
Tu rejoins le couloir qui s'enfonce vers l'ouest.
Lis le n° **237**.

128

Ce n'est pas la bonne réponse, lis le n° **214**.

129

Malgré sa stature, l'énorme cyclope est étonnamment rapide. Tu évites son premier assaut. Tes réflexes encore rapides, ta taille te permettent d'être plus agile que ton ennemi. Après quelques minutes de combat, tu le tues d'un coup d'épée dans le crâne.
Une clef est pendue au cou du géant : son panneton a la forme d'un S ; tu la mets avec les autres.
Le petit cyclope s'approche pour te remercier.
— Mes félicitations, chevalier ! mais je suis, quand même, obligé de vous faire passer votre épreuve. Dans cette liste de mots, quel est l'intrus ?
mémoire — nageoire — ivoire — histoire.
Si tu penses que l'intrus est :
« mémoire », lis le n° **321**.
« nageoire », lis le n° **284**.
« ivoire », lis le n° **227**.
« histoire », lis le n° **7**.

130 Merveilleux, chevalier ! Votre adresse au combat égale celle en orthographe ! Bien sûr il y avait une faute. Il fallait mettre :
Le chevalier se dirige vers l'endroit d'où semblent partir les cris d'appel au secours.
Le verbe s'accorde toujours avec son sujet.
Tu sors de la pièce à travers le trou dans la herse de fer. Le nain te suit et disparaît en courant.
Tu vas vers le sud puis, à la bifurcation, tu tournes vers l'est. Lis le n° **175**.

131 Pas le temps de dégainer ! Déjà l'araignée géante est sur toi. Elle tente de te serrer entre ses pattes velues. Par chance tu peux t'échapper et tu cours vers le sud. Arrivé à un carrefour, tu sens une douleur à l'épaule : c'est le venin de l'araignée qui t'affaiblit.
Tu perds deux points de vie.
Tu lis le n° **61**.

132 Ce n'est pas la bonne réponse, lis le n° **304**.

133 Marchant vers l'ouest, tu arrives à une bifurcation, tu prends vers le nord. Quelques pas plus loin, il y a une porte sur ta gauche.
Un homme est allongé sur une paillasse et semble dormir. Tu essaies de la réveiller.

— Regardez la feuille sur la table, dit-il dans un demi-sommeil.
Tu prends la feuille et tu lis :
Le régiment se tenait ___1___ du bois, ___2___ à riposter en cas d'attaque.
— Vous devez remplacer les blancs par « près » ou par « prêt », dit l'homme en bâillant.
Si tu écris « prêt » en 1 et « près » en 2, lis le n° **191**.
Si tu mets « près » en 1 et « prêt » en 2, lis le n° **295**.

134

Tu arrives devant une rivière qui coule vers le sud. Le courant semble assez fort ici. Des pavés placés à intervalles réguliers, d'environ cinquante centimètres, permettent de passer sur l'autre rive. Plus loin vers le nord, on devine la silhouette d'un pont.
Si tu veux traverser par le gué, lis le n° **113**.
Si tu veux prendre le pont, lis le n° **244**.
Si tu préfères chercher un autre passage, plus loin vers le nord, lis le n° **95**.

135

Vite, vite, la poutre que tu as aperçue en entrant ! En la mettant debout, tu espères qu'elle arrêtera le plafond. Malheureusement, les échecs précédents t'ont épuisé, tu n'as pas la force de la soulever. Tes efforts ne servent à rien, le plafond continue à descendre. Ainsi se termine ton aventure dans le labyrinthe.

136 Ta réponse vieillit un peu plus l'homme, son regard donne une impression de grande lassitude.
— Non ! chevalier, cette phrase avait bien une faute, elle doit s'écrire :
Détruites par une guerre impitoyable, les villes sont désertées.
« Détruites » s'accorde avec « villes ».
Triste d'avoir échoué, tu perds deux points de vie. Tu te diriges vers l'est en sortant de la pièce. Lis le n° **124**.

137 A ta réponse, le gnome saute de la table sur laquelle il était resté et se met à danser autour de toi.
— Bravo, chevalier, merveilleux !
« Courir » et « mourir » prennent bien deux « r » au futur de l'indicatif.
« Nettoyer » perd son « y » et prend un « i » (je nettoierai).
Pour les verbes en « er », il faut garder l'infinitif (je jouerai).
Tu t'en vas laissant le gnome à sa joie.
Lis le n° **95**.

138 L'homme au bandeau sourit à ta réponse :
— Très bien chevalier, il y avait bien 3 fautes.
Il fallait écrire :
resaler et non ressaler
persifler et non persiffler
détoner et non détonner
Je vois que vous connaissez bien les difficul-

tés et les anomalies de la langue française. « Détonner » avec deux « n » est de la même famille que « ton ».
En sortant de la pièce, tu remarques que l'homme enlève son bandeau.
Lis le n° **212**.

139 Ce n'est pas la bonne réponse, lis le n° **314**.

140 Le garde qui t'interroge fait un signe de tête à l'archer. Celui-ci prend une flèche, la place sur la corde et bande son arc. La flèche siffle et se plante dans ta main gauche.
— Non, chevalier, faux !
Le verbe venir s'écrit au passé simple « nous vînmes ». N'oubliez pas l'accent circonflexe sur le « î ».

> Règle : passé simple
> *Les verbes de la famille de tenir et venir se terminent par ins — ins — int — înmes — întes — inrent.*

Tu perds deux points de vie.
— Maintenant passons à la troisième question :
Au passé simple, le verbe coudre s'écrit je cousus.
Si tu dis oui, lis le n° **215**.
Si tu dis non, lis le n° **239**.

141 Ta réponse ne satisfait pas le nain qui fume sa pipe.
— Attention, chevalier ! Encore des erreurs comme celle-ci et vous ne terminerez pas vivant ! Il y avait quatre fautes, seulement deux verbes sont bien écrits, nous « éteignions » et nous « courions ».
Pleuvoir et neiger sont des verbes impersonnels et ne sont conjugués qu'avec « il ».
Clore et choir sont des verbes défectifs et n'ont pas d'imparfait de l'indicatif.
Le nain tire de plus belle sur sa pipe et s'endort. Tu te précipites dehors pour ne plus respirer cette fumée.
Tu perds deux points de vie. Lis le n° **177**.

142 Impossible d'affronter l'archer ! Il faut te reposer un peu et panser tes blessures. Un long moment après, continuant vers l'est, tu arrives devant une pièce sans porte. Tu préfères prendre tes précautions : tu jettes un coup d'œil à l'intérieur avant d'entrer. Rien. Sinon une table sur laquelle sont posées des feuilles. Tu entres et tu en prends une.

— Félicitations, chevalier, je vois que, pour le moment, vous vous en êtes sorti vivant. Voici votre nouvelle épreuve. Tu ne vois personne. Encore un être invisible, sans doute !

— Sur votre feuille, vous devez remplacer les blancs par « tout », « tous », « toute » ou « toutes ». Mais, attention « tout » est un adverbe et a le sens de « tout à fait ».

Des vêtements ____________ usés.
Des souliers ____________ neufs
Des chaussures ____________ usées
Des vestes ____________ neuves.

Si tu as mis deux fois « tous » et deux fois « toutes », lis le n° **270**.

Si tu as mis deux fois « tout » et deux fois « toutes », lis le n° **218**.

Si tu as mis trois fois « tout » et une fois « toutes », lis le n° **258**.

Si tu as mis quatre fois « tout », lis le n° **185**.

143 La flèche te frôle la tête et va se ficher dans la porte. Tu te retournes pour faire face à un redoutable tueur. Celui-ci semble surpris de t'avoir manqué, tu

en profites pour l'assaillir. L'archer s'effondre, frappé à mort par tes coups d'épée. En fouillant dans ses poches tu découvres une clef dont le panneton a la forme d'un P.
Tu t'approches de l'homme en haillons pour qu'il te donne le texte de ta nouvelle épreuve.
— Observez les verbes de ces deux phrases, lequel est écrit avec une faute ?
1. Rappelles-toi les conseils de l'enchanteur !
2. Te rappelles-tu les conseils de l'enchanteur ?
Si la faute, à ton avis, est dans la phrase 1, lis le n° **109**.
Si tu penses qu'elle est dans la phrase 2, lis le n° **294**.

144

Une fois sorti de la pièce, tu vois une porte juste en face. Tu l'ouvres : au milieu du désordre de centaines de livres, un petit homme confortablement installé dans un fauteuil, te regarde d'un air malicieux.
— Bonjour, chevalier. Peut-être répondrez-vous à cette question facile ? Observez cette phrase et remplacez les blancs par son ou sont.
Le chevalier et ________ écuyer ________ partis en guerre, ils se ________ battus avec l'ennemi, ils ________ blessés.
Si tu as mis deux fois son, lis le n° **71**.
Si tu as mis 1 fois son, lis le n° **2**.

145 Tout en marchant vers l'est, ta pensée va vers l'homme mouche. Un peu plus loin, une porte donne sur ta gauche. Tu l'ouvres : c'est une pièce totalement vide. Il y a des taches d'humidité sur les murs ; au plafond, de nombreuses petites ouvertures rondes. En une seconde, tu comprends qu'il s'agit d'un piège. Tu te rues sur la porte, trop tard, elle est fermée à clef. De l'eau commence à s'écouler du plafond.
Si tu as plus de 13 points de vie, lis le n° **302**. Tu en as moins de 13 ? lis le n° **205**.

146 L'air soupçonneux du muet devient plus amical. Celui-ci essaie de parler et, à ton étonnement, des sons articulés sortent de sa bouche.
— Très bien, chevalier ! Cette phrase n'a pas de faute. Dans ce cas « profonde » s'accorde avec « hostilité » car les deux noms sont joints par « ou ».
Tu sors de la pièce et tu lis le n° **209**.

147 Ce n'est pas la bonne réponse, lis le n° **257**.

148 Tu te retournes : le sanglier a disparu. Rassuré, tu ouvres la porte ouest. Dans la pièce, des stalactites pendent du plafond. Un homme au nez de cochon fouille dans une armoire :
— Bienvenue, chevalier, voici votre épreuve,

grogne-t-il. Vous devez accorder les participes passés dans les groupes de mots suivants. Dans lesquels mettez-vous « es » ?

Les pétales sont tombé______
Les idoles sont brisé______
Les insultes sont pardonné______
Les vivres sont épuisé______
Les ivoires ont été volé______

Si tu as mis « es » 2 fois, lis le n° **332**.
Si tu as mis « es » 3 fois, lis le n° **272**.
Si tu as mis « es » 4 fois, lis le n° **114**.

149

Le regard du petit homme devient encore plus malicieux.

— Merveilleux, chevalier, réponse exacte ! Deux verbes sont mal accordés, il s'agit des phrases :

2. Le chevalier Libra ou le chevalier Glandra commandera l'armée (seul, un des deux peut commander l'armée).

4. Ni dame Aliana, ni dame Elvine ne peut épouser le vainqueur de l'épreuve (seule, une des deux dames pourrait épouser le vainqueur).

Tu sors de la pièce et tu lis le n° **17**.

150

— Parfait, chevalier ! Il y a bien deux fautes. Il faut écrire :

des roses blanches — des foulards rouge foncé — des rubans cerise.

En effet, lorsqu'il y a deux adjectifs pour une couleur (rouge foncé — bleu clair), et lorsque l'adjectif de couleur est un nom (cerise – olive – marron), il ne faut pas faire l'accord. Dès que le petit homme a terminé son explication, les livres regagnent d'eux-mêmes les rayonnages. Quittant la pièce, tu arrives à une bifurcation. Lis le n° **230**.

151 Tu es à une bifurcation.
Si tu vas vers l'ouest, jusqu'à la première bifurcation, lis le n° **230**.
Si tu prends vers l'est pour aller à gauche car tu aimerais entrer dans la grande pièce, lis le n° **290**.

152 Ce n'est pas la bonne réponse, lis le n° **119**.

153 D'un bond sur le côté, tu esquives le premier assaut du Minotaure. Le monstre fait demi-tour et charge de nouveau, tu tires ton épée. L'animal fonce, tête baissée ; tu lui jettes ton bouclier dans les jambes. Surpris, le Minotaure trébuche, c'est le moment ou jamais de le transpercer de ton épée. Pendant que le monstre agonise, tu reprends ton chemin vers l'est.
Lis le n° **328**.

154 En continuant vers le nord, tu arrives devant deux portes, une à

droite, l'autre à gauche. Tu choisis celle de gauche. Sur un fauteuil bancal un homme est assis. Il n'arrête pas de se gratter, la peau rongée par la gale.
— Ne vous approchez pas ! chevalier, mais lisez ceci, te dit-il en lançant une feuille.
Tu laisses la feuille tomber à terre et tu déchiffres :
Les chevaliers sont prêts. ____________ roi ____________ donne ____________ armure et ____________ provisions.
— Vous devez remplacer les blancs par « leur » ou « leurs ».
Si tu mets 2 fois « leur » et 2 fois « leurs », lis le n° **222**.
Si tu écris 3 fois « leur » et 1 fois « leurs », lis le n° **197**.

155 Tu as perdu trop de forces depuis le début de ton aventure, tu ne peux pas lutter contre le courant. Celui-ci t'entraîne et tu disparais dans un gouffre dont tu ne pourras pas ressortir.
Ainsi se termine ton aventure.

156 Le sanglier charge, te menaçant d'un coup de ses défenses. Un bond de côté ! Tu l'as évité. Emporté par son élan, le sanglier continue sa course, c'est le moment de lui enfoncer ton épée derrière la tête. Le monstre court encore quelques mètres et tombe frappé à mort. Lis le n° **148**.

157 — Mais non, chevalier, il y avait une faute. Il fallait corriger :
une demi-heure
une heure et demie

> Règle : demi
> — *Demi reste invariable quand il précède le nom. Ex. : une demi-heure — deux demi-douzaines.*
> — *Il s'accorde quand il suit le nom. Quand il s'y rattache par et, il s'accorde en genre seulement. Ex. : deux heures et demie.*

Depuis que tu as donné ta réponse, tu as l'impression que l'homme a encore vieilli, que d'autres rides creusent son visage.
Lis le n° **269**.

158 Juste avant une bifurcation tu vois deux portes à droite et à gauche.
Tu ouvres la porte de droite. Tu frémis ! Au milieu de la pièce, un géant fixe sur toi son regard froid. Il serre fermement le manche d'une hache. Derrière lui, un petit homme apeuré se cache dans un coin. Le géant s'approche en levant sa hache au-dessus de sa tête.
Points de vie du géant 13. Les tiens ?
Si tu as plus de 13 points de vie, lis le n° **36**.
Moins de 13 points de vie, lis le n° **186**.

159 — Oui, chevalier, réponse exacte ! Les phrases s'écrivent bien :
Mon sang n'a fait qu'un tour.
Le cavalier tient les rênes de son cheval.
L'écuyer donne un seau d'eau au cheval.
Le chevalier se délasse des fatigues de son épreuve.
— Je pense que vous êtes sur la bonne voie, ajoute l'homme.
Il retourne à sa table. Il marche un peu mieux, il te semble.
Tu sors et tu lis le n° **192**.

160 A ta réponse, le gnome trépigne de colère sur la table.
— Faux, chevalier ! faux ! dans l'ordre il fallait mettre FFVV.

> Règle : le futur de l'indicatif
> — *Les verbes courir (je courrai), mourir (je mourrai), voir (je verrai), envoyer (j'enverrai), acquérir (j'acquerrai) prennent deux r au futur.*
> — *Dans les verbes en ayer, oyer, uyer, le y se change en i. Ex. : je nettoierai.*
> — *Pour les verbes en er, il faut toujours garder l'infinitif. Ex. : jouer : je jouerai.*

Tu perds deux points de vie et tu laisses le nain à sa colère. Lis le n° **95**.

161 Tout à coup, le nain semble accablé. L'espoir que ta victoire con-

tre le géant lui avait donné, a disparu.
— Non ! chevalier, 5 mots commencent par un « h » aspiré.
le héros — le hasard — hideux — hennir — la huche.

> Règle h aspiré — h muet
> — *Le h aspiré demande l'emploi de le ou la au singulier et empêche la liaison au pluriel. Ex. : les haches — les héros.*
> — *Le h muet demande l'apostrophe au singulier. Ex. : L'hameçon — l'hôpital.*

Tu perds deux points de vie.
Pauvre nain abandonné à sa déception et à son désespoir ! Tu quittes sa chambre pour celle qui lui fait face.
Lis le n° **216**.

162

Tu te diriges vers le sud, une porte s'ouvre sur ta droite, une autre sur ta gauche. Tu tournes la poignée de la porte de droite. Personne dans la pièce ! Au milieu, une table sur laquelle est posé un parchemin. Tu le prends et tu lis :
1. Le chevalier se demande ce qu'il va faire.
2. Il se décide à faire se qu'on lui a conseillé.
Soudain, le tabouret qui était devant la table se met à bouger.
— Chevalier, une de ces deux phrases contient une faute d'orthographe. Laquelle ? Observez bien les mots soulignés. L'homme qui te parle est invisible.

Si tu penses que la faute est dans la phrase 1, lis le n° **91**.
Si tu penses qu'elle est dans la phrase 2, lis le n° **24**.

163 Le cyclope s'avance vers toi, mais il est étonnamment rapide malgré sa stature. Tu ne peux pas éviter son premier coup d'épée, il te blesse au poignet. Il ne reste que la fuite !
Tu perds deux points de vie. Lis le n° **4**.

164 – Bien chevalier, votre réponse est exacte ! La phrase s'écrit bien :
Les veaux, les vaches et les chèvres furent vendus.
En effet, lorsque les mots qualifiés sont de genres différents, l'adjectif se met au masculin pluriel.
Pendant que tu entends la voix, la brume dévoile un corps d'homme.
Tu sors et tu lis le n° **266**.

165 Tu fais un saut de côté, évitant de justesse le dard mortel. Tu dégaines ton épée, prêt à affronter l'insecte. Celui-ci revient à la charge mais tu enfonces ta lame dans son corps. La guêpe géante, mortellement touchée, tombe.
Tu essuies ton arme et poursuis vers le nord. Lis le n° **154**.

166 Tu bois une gorgée de ton gobelet. Le vin est pétillant et délicieux. La vieille dame revient avec une soupière fumante. Son contenu sent si bon !
Le repas et le vin te redonnent plein d'énergie ! Tu gagnes deux points de vie que tu ajoutes à ton total. Tu remercies la vieille dame avant de partir. Lis le n° **287**.

167 Allant vers l'est, tu arrives devant une porte entrouverte. Tu la pousses, un bruit de casserole te fait sursauter ! Un récipient en cuivre était en équilibre sur le haut de la porte. Le bruit a également réveillé le géant qui dormait allongé par terre. Il se frotte les yeux, t'aperçoit, il prend aussitôt sa massue et se lève d'un mouvement lent. L'arme tournoie au-dessus de sa tête et s'abat dans ta direction.
Si tu as plus de 15 points de vie, lis le n° **187**.
Si tu en as moins de 15, lis le n° **301**.

168 A ta réponse, les feuilles empilées sur la table s'envolent et disparaissent. Le gnome saute de joie.
— Merveilleux ! chevalier. Les phrases 1 et 2 s'écrivent bien :
Les soldats s'assoiront au bord de la route.
Ils apprécieront ce moment de repos.
Au futur le verbe « s'asseoir » peut d'ailleurs s'écrire « ils s'assieront ».
Tu sors de la pièce et tu lis le n° **335**.

169 — Non, chevalier ! crie le nain en s'enfonçant un peu plus dans son fauteuil, 4 verbes étaient mal écrits : **bouillir, elle bout — moudre, nous moulons — dire, vous dites — haïr, je hais.**
Vaincre s'écrit bien : je vaincs — tu vaincs — il vainc ; ouïr : j'ois — tu ois — il oit ; croître : je croîs — il croît ; verbe qu'il ne faut pas confondre avec le verbe croire : je crois — tu crois — il croit. Tu sors, laissant le nain consterné.
Tu vas vers l'est, lis le n° **158**.

170 Le garde prend une flèche dans son carquois, il tend la corde et tire. La flèche siffle et vient te transpercer la main droite.
— Non, chevalier ! votre réponse est fausse, mon affirmation est vraie.
Tu perds deux points de vie.
— Chevalier reprend le garde, voici votre deuxième question :
Le verbe venir à la première personne du pluriel s'écrit au passé simple nous vinmes.
Si tu dis oui, lis le n° **140**.
Si tu n'es pas d'accord, lis le n° **181**.

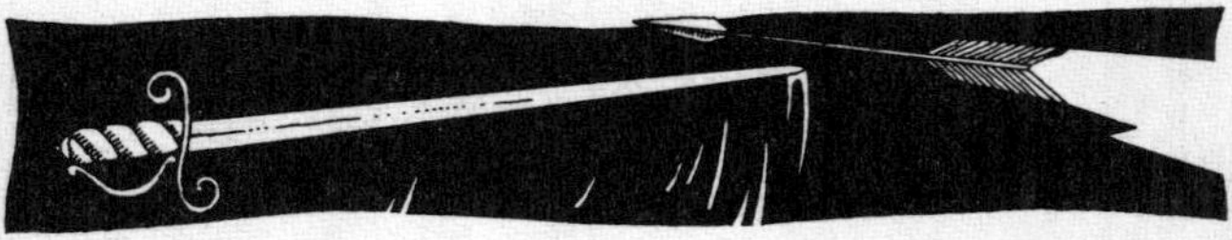

171 L'homme au bandeau fait une grimace et se frotte l'œil gauche.

— Mais non, chevalier ! Il y avait 3 fautes, il fallait écrire :

resaler et non ressaler
persifler et non persiffler
détoner et non détonner

Malheureusement pour vous, chevalier, le deuxième mot de chaque paire fait partie des difficultés et des anomalies de la langue française. Il n'y a pas de règle particulière pour écrire ces mots.

Détonner avec deux « n » veut dire « chanter faux » et s'emploie également pour deux couleurs dont le contraste est choquant.

En sortant de la pièce, tu as l'impression que l'homme ne voit plus de son œil gauche.

Tu perds deux points de vie et tu lis le n° **212**.

172 Tu tournes le dos à la statue.

Si tu vas vers le sud pour entrer dans la grande salle devant toi, lis le n° **290**.

Si tu vas vers l'ouest pour rejoindre une salle isolée, lis le n° **296**.

173 — Mais non, chevalier ! bougonne l'homme en haillons.

Le préfixe est bien avant le radical.
Les mots n'ont pas toujours un préfixe.
Des mots de la même famille n'ont pas toujours le même radical. Ex. : sonner — sonore.
L'homme se replonge dans son travail.
Tu perds deux points de vie. Lis le n° **103**.

174

Les épreuves précédentes t'ont trop épuisé. Tu n'as pas le réflexe de te baisser, la flèche t'atteint à l'épaule.
Tu te précipites hors de la pièce, par chance le garde ne te poursuit pas. Tu te reposes quelques instants pour retirer la flèche et soigner ta blessure. Tu perds deux points de vie. Lis le n° **78**.

175

En avançant vers l'est, tu vois une porte sur ta droite. Tu l'entrouvres : un homme à la peau verte est accroupi sur un tabouret. Sa bouche très large et ses yeux globuleux rappellent la physionomie d'une grenouille.
— Bienvenue, chevalier, coasse-t-il. Voici votre épreuve. Vous devez remplacer les blancs de cette phrase par « on » ou « on n' » :
Quand __1__ est peureux, __2__ ose pas sortir la nuit car __3__ y voit rien.
Si tu as écrit :
« on » en 3 et « on n' » en 1 et 2, lis le n° **112**.
« on » en 1 et « on n' » en 2 et 3, lis le n° **86**.
« on » en 1 et 3 et « on n' » en 2, lis le n° **254**.

176 — Mais non ! chevalier, crie l'homme en colère, non ! Vous faites erreur. Les phrases s'écrivent :
Qu'elles sont belles les forêts du royaume !
Quelles belles forêts nous avons traversées pendant notre voyage !

> Règle : qu'elle(s) — quelle(s) — quel(s)
> *Il ne faut pas confondre quelle adjectif avec qu'elle ayant une apostrophe. Généralement quelle est suivi d'un nom ; alors que qu'elle est suivi d'un verbe. Lorsqu'on peut remplacer qu'elle par qu'il, il faut mettre l'apostrophe.*

Au fur et à mesure que l'homme aux verrues parle, tu vois les victuailles qu'il mangeait disparaître. L'homme se précipite pour en manger un peu avant que tout ait disparu. Tu perds deux points de vie. Lis le n° **339**.

177 Tu continues vers le nord, juste avant une bifurcation, un rideau cache l'entrée d'une pièce. Tu le soulèves : il règne un désordre indescriptible de livres et de parchemins. Un nain cherche quelque chose dans une malle.
— Entrez, chevalier ! Je cherche votre prochaine question.
Tu te penches pour regarder dans la malle : elle ne contient qu'un seul livre. A peine tu le touches qu'un éclair blanc jaillit du fond de la malle et te frappe à la tête.

Déduit deux points de vie de ton total.
Si tu as plus de 11 points de vie, lis le n° **319**.
Si tu en as moins de 11, lis le n° **21**.

178 Ce n'est pas la bonne réponse, lis le n° **160**.

179 Par chance, tu t'es enfui avant que le grizzly n'ait pu faire un seul geste.
Tu peux regagner le premier carrefour au sud.
Lis le n° **182**.

180 Quelques pas plus loin, tu aperçois une porte qui donne sur le nord. Prudemment tu tournes la poignée et tu entrouvres la porte. Sur un tabouret, un homme est assis, tournant le dos. Au bruit de la porte, il se retourne ; il n'a qu'un œil au milieu du front, c'est un cyclope. Il te tend un parchemin.
— Chevalier, lisez cette liste de mots, combien sont invariables ?
alors — prêt — désormais — foi — autrefois — jamais — ver — puis — sans — guerre.
Si tu penses qu'il y a 8 mots invariables, lis le n° **116**.
Si tu en comptes 7, lis le n° **276**.
Si tu considères qu'il y a 6 mots invariables, lis le n° **240**.

181 Le garde qui t'interroge fait un signe de tête à l'archer. Celui-ci prend une flèche, la place sur la corde et bande son arc. La flèche siffle et se plante au-dessus de ta tête sans te toucher.
— Très bien ! Chevalier, bravo ! Il y a bien une faute. Au passé simple, le verbe venir s'écrit « nous vînmes ». En effet, au passé simple, les verbes de la famille de « tenir » et de « venir » prennent ins — ins — int — înmes — întes — inrent.
Maintenant, passons à la troisième question, continue le garde.
Au passé simple, le verbe « coudre » s'écrit je cousus.
Si tu dis oui, lis le n° **215**.
Si tu n'es pas d'accord, lis le n° **239**.

182 Au croisement tu as le choix entre trois directions.
Aller vers l'est et prendre la première porte à gauche ; dans ce cas, lis le n° **296**.
Vers le nord, lis alors le n° **316**.
Vers l'ouest jusqu'à la prochaine bifurcation, dans ce cas lis le n° **250**.

183 — Mais non ! chevalier ! Faites attention, vous ne sortirez pas vivant de ce labyrinthe si vous continuez ainsi, dit la voix mystérieuse d'un ton désespéré. La phrase s'écrivait :
Les soldats <u>ont</u> soif, <u>on</u> leur donne à boire.

> Règle : on/ont
> *Ont est le verbe avoir et peut se remplacer par avaient.*
> *On est un pronom indéfini, singulier ; il est toujours sujet du verbe, il peut se remplacer par il.*

Vexé par ce que t'a dit la voix, tu te promets de faire plus attention la prochaine fois.
Tu perds deux points de vie. Tu continues vers l'est et tu lis le n° **210**.

184 – L'épreuve n'était pas très difficile, votre réponse est bonne, chevalier. Il fallait bien écrire :
Il fait froid depuis si longemps que l'on s'y habitue.
Vous n'avez pas confondu si et s'y. S'y peut se remplacer par m'y ou t'y.
Bonne chance, continue le cyclope, pour la suite de votre aventure. Ne vous en faites pas pour moi, tout se passera bien !
Tu le quittes et tu lis le n° **200**.

185 — Mais non, chevalier ! vous faites erreur, il faut mettre :
des vêtements tout usés
des souliers tout neufs
des chaussures tout usées
des vestes toutes neuves.

Règle : tout
— *Tout devant un nom est variable ;*
— *tout devant un adjectif peut être variable s'il a le sens de tout le monde, tous les objets. Ex. : les arbres sont tous coupés, veut dire tous les arbres sont coupés ;*
— *tout devant un adjectif est invariable quand il a le sens de tout à fait. Dans ce cas, il est adverbe. Ex. : les arbres sont tout coupés, veut dire les arbres sont tout à fait coupés.*
Attention, lorsque l'adjectif est féminin et qu'il commence par une consonne ou un h aspiré, on écrit par ex. : toute(s) les chaussures sont toutes neuves, ceci à cause de l'euphonie.

Tu perds deux points de vie.
Tu t'en vas, désolé de ne pas avoir pu aider davantage l'homme invisible.
Lis le n° **303**.

186 Le géant abat sa hache. Trop rapide pour toi ! Tu n'as pas le temps d'esquiver le coup. Blessé à l'épaule, tu fuis. Dehors, tu prends vers le nord en cou-

rant. Au premier carrefour, tu t'arrêtes, enfin !
Ta blessure t'affaiblit et tu perds deux points de vie. Lis le n° **45**.

187 Tu te baisses rapidement, la massue frappe la porte qui vole en éclats. Le géant est lourd et lent, il lève encore sa massue pour l'abattre sur ton crâne. Tu esquives de nouveau l'attaque. Emporté par son élan, le géant est désiquilibré. Maintenant tu peux lui enfoncer ton épée dans le côté. Blessé, le géant tombe à la renverse, cette fois tu lui portes le coup qui l'achève. Autour de son cou, attachée à une cordelette, pend une clef dont le panneton a la forme d'un T. Tu la mets avec les autres.
Un petit homme, à l'air ahuri, sort de dessous la table... Il s'était caché depuis le début du combat.
— C'est bien vrai ! la rumeur disait que vous étiez très fort. C'est bien vrai ! Voici votre épreuve, chevalier. Aux affirmations, répondez vrai ou faux :
— Le subjonctif est toujours précédé de la conjonction de subordination que.
— Les terminaisons du subjonctif sont les mêmes pour tous les verbes.
— Les terminaisons du subjonctif présent sont e — es — e — ions — iez — ent.
Dans l'ordre si tu as mis FVV, lis le n° **313**.
Dans l'ordre si tu as mis VFF, lis le n° **347**.
Dans l'ordre si tu as mis VFV, lis le n° **337**.

188 Quelques mètres plus loin, tu arrives devant une nouvelle porte que tu entrouves prudemment. Un vieil homme, au visage ridé et à la barbe immense t'accueille.
— Entrez, chevalier, je vous prie. Asseyez-vous, voici votre épreuve. Voyez-vous une faute dans ces deux expressions ?
— une demie-heure
— une heure et demie
Si tu penses qu'il y a une faute, lis le n° **298**.
Si tu penses qu'il n'y en a pas, lis le n° **157**.

189 A ta réponse, le garde jette ses feuilles à terre et fait signe à l'archer de poser son arc.
— Réponse exacte, mais peut-être est-ce le hasard ? car le verbe « traire » est un verbe défectif et n'a pas de passé simple.
Le garde disparaît par la porte après t'avoir libéré de tes liens.
Si tu en as la force, tu peux attaquer l'archer qui doit posséder une clef.
Points de vie de l'archer : 11. Les tiens ?
Si tu peux combattre l'archer, lis le n° **253**.
Si tu dois y renoncer, lis le n° **142**.

190 A ta réponse, le sorcier Errare perd de son assurance.
— Décidément, vous êtes très fort chevalier ! Effectivement, « excepté » (de même que « ôté », « y compris ») reste invariable s'il est placé devant le nom. Dans ce cas « excepté »

a valeur de préposition. Par contre il aurait fallu écrire : « J'aime tous les combats, les duels avec les couards exceptés ».
Vous avez toujours vingt points de vie et moi seulement dix. Voici votre deuxième question :
Les flèches tombent drues sur les assaillants de la citadelle.
Si tu penses qu'Errare écrit correctement, lis le n° **291**.
Si tu considères qu'Errare fait une faute, lis le n° **277**.

191

L'homme ronfle de plus belle. Cette fois, il te parle en dormant.
— Non ! chevalier, la phrase correcte est :
Le régiment se tenait près du bois, prêt à riposter en cas d'attaque.

> Règle : près/prêt.
> *Il faut écrire prêt quand on peut mettre le féminin, c'est un adjectif qualificatif ; sinon il faut mettre près.*

Tu sors de la pièce sans réveiller l'homme. Lis le n° **195**.

192 La porte à peine fermée, tu entends un formidable mugissement. Tu te retournes pour faire face à une étrange créature, moitié homme, moitié taureau. C'est un Minotaure. Il incline la tête, les cornes pointées vers toi et charge. C'est un nouveau combat qui te réclame. Points de vie du Minotaure : 13. Tes points de vie ?
Si tu as plus de 13 points de vie, lis le n° **153**.
Moins de 13 points de vie ? Lis le n° **59**.

193 Tu débouches la fiole et, avec un peu d'appréhension, tu la portes à tes lèvres, la liqueur verte est sans goût particulier. Tout à coup, ton œsophage et ton estomac te brûlent atrocement. La douleur est si forte que tu t'évanouis.
Quand tu te réveilles, tu te sens très fatigué. Tu perds deux points de vie. Tu te relèves pour continuer vers le sud. Lis le n° **151**.

194 – Mais non, chevalier ! Votre réponse est fausse ! La phrase s'écrit :
Les veaux, les vaches et les chèvres furent vendus.

> Règle : adjectif qualificatif, accord
> *Lorsque les mots qualifiés sont de genres différents, l'adjectif se met au masculin pluriel. Le masculin l'emporte sur le féminin.*

La brume devient moins épaisse et presque transparente, tu ne distingues plus la silhouette de l'homme. Tu perds deux points de vie. Lis le n° **266**.

195 En sortant, presqu'en face, une porte ouvre sur une autre chambre. Tu y entres : un nain à la longue barbe te rappelle beaucoup un autre nain que tu as déjà rencontré. Lui aussi fume de la drogue dans une longue pipe.
— Chevalier, dans cette liste de verbes conjugués à l'imparfait de l'indicatif, combien sont faux ?
pleuvoir, je pleuvais — clore, je closais — choir, je choisais — neiger, nous neigions — éteindre, nous éteignions — coudre, nous cousions.
Si tu penses qu'il y a 2 fautes, lis le n° **141**.
Si tu relèves 4 fautes, lis le n° **32**.

196 Ce n'est pas la bonne réponse, lis le n° **211**.

197 L'homme arrête de se gratter. Des croutes tombent et les plaies guérissent.
— Merveilleux, chevalier ! extraordinaire ! Il faut bien écrire une seule fois « leurs ». La phrase est donc :
Les chevaliers sont prêts. Leur roi leur donne leur armure et leurs provisions.

« Leur » devant un verbe ne prend effectivement jamais de « s ».
La gale de l'homme guérit à vue d'œil.
Tu le laisses et traverses le couloir pour entrer dans la pièce juste en face.
Lis le n° **241**.

198 – Très bien chevalier, chuchote l'homme. On a donc :
1. Si vous écoutiez les conseils de l'enchanteur vous réussiriez.
2. Si vous maniez l'épée adroitement, vous réussirez.
Vous n'avez pas confondu le présent du verbe « manier » (vous maniez) avec son imparfait de l'indicatif (maniiez) et vous saviez qu'avec la conjonction « si » le présent appelle le futur et que l'imparfait appelle le conditionnel.
Tu sors de la pièce, le garde dort toujours.
Te dirigeant vers le nord-ouest, tu vois une porte qui ouvre vers le nord.
Lis le n° **282**.

199 Tu perds l'équilibre et tu tombes dans l'eau glacée du torrent. Si tu pouvais gagner la rive à la nage ! Rien à faire ! Le courant t'emporte vers l'extrémité sud du labyrinthe.
Si tu as plus de 11 points de vie, lis le n° **94**.
Tu en as moins de 11 ? lis le n° **155**.

200 Enfin tu as atteint la dernière pièce est de ce couloir. Elle n'a pas de porte. De sa chaise, un homme unijambiste te crie :

— Ne bougez pas, chevalier ! Une barrière invisible vous interdit d'entrer. Restez sur le pas de la porte. Voici votre épreuve. L'homme prend sa béquille et s'avance vers toi.

— Voici trois affirmations, dites-moi si elles sont vraies ou fausses :

— Au passé composé, tous les verbes sont conjugués avec l'auxiliaire avoir.

— Au passé composé, les auxiliaires sont conjugués au présent de l'indicatif.

— Ils avaient coupé est un passé composé.

Si, dans l'ordre, tu as mis VFF, lis le n° **225**.
Si, dans l'ordre, tu as mis FVV, lis le n° **289**.
Si, dans l'ordre, tu as mis FVF, lis le n° **56**.

201 Le nain aux pustules s'écroule sur sa table, celle-ci s'effondre et se retrouve à terre. Tu te précipites pour l'aider à se relever.

— Inutile misérable, la question était pourtant simple : « étonnée » est bien accordé à « la petite fille » et « montés » à « des voleurs ».

> Règle : Le participe passé employé sans auxiliaire
> *Il s'accorde comme un adjectif avec le nom auquel il se rapporte.*

Déçu par ta défaite, tu sors de la pièce. Tu perds deux points de vie. En sortant, tu te diriges vers l'est. Lis le n° **262**.

202 La porte est ouverte, une vieille femme sort pour t'accueillir.

— Bienvenue, chevalier, félicitations ! Peu de héros sont arrivés jusqu'ici. Entrez, je vous en prie.

Tu la suis dans une pièce qui ressemble à une salle à manger.

— Asseyez-vous, te dit-elle en t'indiquant une chaise. Je vais vous préparer un repas. La femme va dans sa cuisine d'où elle revient quelques minutes plus tard avec deux gobelets.

— Tenez, vous boirez bien quelque chose en attendant que je prépare le repas. Ton hôtesse laisse les deux gobelets sur la table et retourne à la cuisine.

Tu te méfies. Si tu veux échanger ton gobelet avec celui de la vieille dame, lis le n° **88**. Si tu as confiance et si tu veux boire dans ton gobelet, lis le n° **166**.

203 A peine as-tu répondu que le nain jette sa pipe et semble sortir de son rêve.

— Extraordinaire, chevalier ! Vous n'avez pas oublié que les terminaisons de l'imparfait de l'indicatif sont « ais — ais — ait — ions — iez — aient ».

Conclure donne « nous concluions » et, balayer donne « vous balayiez ». Il n'y avait pas d'autres fautes.
La fumée se dissipe de la pièce, tu respires mieux. Lis le n° **224**.

204 Tu te débarrasses des premiers scorpions en les écrasant sous tes pieds, mais ils sont trop nombreux, il faut tenter de sauter par-dessus. Un grand élan, ouf ! ça y est ! Tu cours vers la porte de la pièce et tu files vers le nord.
— Encore une salle, la dernière... prenons des forces, décides-tu.
Tu t'assieds quelques minutes. Le repos te fait du bien. Ajoute deux points de vie à ton total. En continuant vers le nord, à droite, c'est la sortie du labyrinthe, mais à gauche, il y a une salle, la dernière... A nous deux sorcier Errare ! Tu observes la porte d'entrée... Lis le n° **290**.

205 L'eau s'écoule rapidement, ta tête émerge à la surface. Tu te souviens avoir vu une trappe sur le sol, tout à l'heure, en entrant. Tu prends ta respiration et tu plonges vers le fond. Malheureusement tu t'asphyxies vite et tu es obligé de remonter à la surface. Tu recommences plusieurs fois, toutes tes tentatives restent vaines. L'eau est déjà au plafond, tu es encore prisonnier... Ainsi se termine ton aventure.

206

Tu mets les clefs pour former le mot MORT. A peine as-tu mis la dernière clef, le T, qu'un éclair jaillit de la serrure et te frappe à la poitrine. Tu as l'impression que ton corps se désintègre. La dernière vision que tu as du monde des vivants est le regard épouvanté et désespéré de l'enchanteur Grevisse.
Ainsi se termine ton aventure.

207

– Non ! chevalier ! Non ! Votre adresse au combat ne suffira pas pour sortir vivant de ce labyrinthe. Il y avait une faute dans cette phrase. Elle doit s'écrire :
Le chevalier se dirige vers l'endroit d'où semblent venir les appels au secours.

> Règle : accord du sujet inversé
> *Le verbe s'accorde toujours avec son sujet. Parfois le sujet est loin du verbe ; il peut également être placé après le verbe.*

Tu perds deux points de vie.
Tu te précipites vers la sortie, car tu as remarqué que la herse de fer se répare toute seule. Tu as même du mal à repasser par le trou.
Tu te diriges vers le sud puis à la bifurcation tu tournes vers l'est.
Lis le n° **175**.

208 Le nain est tout heureux de ta réponse.
— Très bien, chevalier ! Les mots commençant par un h aspiré sont :
le héros — le hasard — hideux — la huche — hennir.
Tu laisses le nain à sa-joie et tu sors pour pénétrer dans la chambre qui est juste en face.
Lis le n° **216**.

209 Dans une petite niche creusée dans le mur, tu découvres une petite fiole. Elle est remplie d'un étrange liquide rouge.
Veux-tu boire ce liquide et prendre un risque ?
Si tu bois le liquide, lis le n° **53**.
Si tu préfères ne pas y toucher, lis le n° **90**.

210 Tu arrives devant une porte à double battant. Poussant un des battants, tu jettes un coup d'œil par l'entrebâillement. Un homme vêtu de haillons est assis sur un tabouret. Il te fait signe des yeux. Que veut-il dire ? tu ne comprends pas ! Soudain, un sifflement ! Tu fais volte face, un garde vient de décocher une flèche de son arbalète.
Si tu as plus de 15 points de vie, lis le n° **143**.
Moins de 15 points de vie ? lis le n° **174**.

211 A ta réponse, les feuilles écrites, empilées sur la table, s'envolent et disparaissent. Mais, des feuilles blanches viennent aussitôt les remplacer. Le gnome est désespéré de ce surcroît de travail.

— Mais non, chevalier ! Erreur ! il n'y avait pas de faute. Il fallait bien écrire :

Les soldats s'assoiront sur le bord de la route.
Ils apprécieront ce moment de repos.

> Règle : le futur
> *Même si pour bien écrire le futur il faut penser à l'infinitif du verbe, le verbe asseoir peut s'écrire :*
> *je m'assiérai — ils s'assiéront ou*
> *je m'assoirai — ils s'assoiront*

Tu abandonnes le gnome accablé. Tu perds deux points de vie. Tu sors et tu lis le n° **335**.

212 Tu es à un carrefour.

En allant vers l'est, si tu entres dans la première salle à droite, lis le n° **188**.
Toujours vers l'est, si tu entres dans la première salle à gauche, lis le n° **269**.
Si tu vas vers le sud pour entrer dans la première salle à droite, lis le n° **245**.

213 La bosse de l'homme commence à disparaître.

— Très bien chevalier ! Cette phrase contient bien une faute. Elle s'écrit :

Blessé, le héros a de la peine à continuer le combat.
Il ne fallait pas confondre l'infinitif en « er » et le participe passé en « é ».
Tu quittes la pièce et tu lis le n° **108**.

214 – Mais non, chevalier ! votre réponse est fausse. Les phrases correctes sont :
— **Je pense que vous êtes sur la bonne voie.**
— **Mon sang n'a fait qu'un tour.**
— **Le cavalier tient les rênes de son cheval.**
— **L'écuyer donne un seau d'eau au cheval.**
— **Le chevalier se délasse des fatigues de son épreuve.**
En écoutant les explications de l'homme tu as l'impression que sa voix mue. Il retourne derrière sa table, et tu te demandes si tu n'as pas rêvé lorsque tu as vu deux bosses apparaître sur le sommet de son crâne.
Tu perds deux points de vie.
Tu t'en vas et tu lis le n° **192**.

215 Le garde hésite un instant, relit ses notes et fait signe à l'archer. Celui-ci prend une flèche, tend son arc, mais il ne lâche pas la corde. Il repose sa flèche, en choisit une autre qu'il examine. Quelle angoisse ! Cette fois la flèche part et te transperce le mollet gauche.

— Non, chevalier ! erreur. « Je cousus » n'existe pas. Le verbe coudre, au passé simple, donne « je cousis, nous cousîmes ».

Tu perds deux points de vie.

— Passons, enfin, à la quatrième question :

Au passé simple, le verbe traire fait : je trayais — tu trayas — il traya — nous trayâmes — vous trayâtes — ils trayèrent.

Si tu dis oui, lis le n° **248**.

Si tu dis non, lis le n° **189**.

216 Tu entres dans la pièce qui fait face à celle que tu viens de quitter.

Elle est sale et en désordre. Une bougie posée sur une table branlante donne un faible éclairage. Devant la bougie, un lutin au visage couvert de pustules écrit sur un parchemin.

— Chevalier, y a-t-il une faute dans cette phrase ?

Etonnée, la petite fille aperçoit des voleurs montés sur le toit, en train de fuir.

Si tu penses qu'il y a une faute, lis le n° **201**.

Si tu n'en vois pas, lis le n° **125**.

217 – Parfaitement, chevalier ! Votre réponse est exacte. Il faut écrire :

un chien-loup	**des chiens-loups**
un coffre-fort	**des coffres-forts**
une pomme de terre (pomme de la terre)	**des pommes de terre**
un tire-ligne	**des tire-lignes (tirer)**
un timbre-poste (timbre de la poste)	**des timbres-poste**
une grand-mère (grand est invariable)	**des grand-mères**

L'épreuve était difficile, continue l'homme. En règle générale, dans les noms composés, seuls le nom et l'adjectif peuvent se mettre au pluriel, si le sens le permet. Lorsque deux noms sont unis par une préposition, seul le premier s'accorde. Si tu veux plus de détails sur cette règle, va voir le n° **314** (dans ce cas ne déduit pas de points de vie).
L'homme se précipite et se jette à tes pieds pour te remercier car tu l'as guéri. Mais tu dois le quitter. Lis le n° **182**.

218 Ce n'est pas la bonne réponse, lis le n° **185**.

219 Tu te diriges vers la porte située face à la pièce que tu viens de quitter. En prêtant l'oreille, on peut entendre un grognement bizarre. Tu ouvres. Là, un homme avec une grande moustache et un gros nez dort, la tête renversée sur le dossier

de sa chaise. Il ronfle bruyamment. Un parchemin est posé sur la table, tu le lis.
Le chasseur appelle ses chiens et les emmène dans la plaine.
— Y a-t-il une faute dans cette phrase ? dit l'homme en interrompant son ronflement.
Si tu penses qu'il y a une faute, lis le n° **100**.
Si tu n'en vois pas, lis le n° **238**.

220

Une idée te traverse l'esprit : si tu mettais un tabouret sur la table, tu pourrais, à l'aide d'un chiffon, empêcher les gouttes d'eau de tomber. Il faut traîner la table au-dessus de la tache d'humidité, mais celle-ci change de place dès que tu bouges la table ! Après des efforts surhumains tu arrives à être suffisamment rapide et, grimpé sur le tabouret, tu appliques le chiffon sur la tache. Le bruit s'arrête enfin. La serrure grince. Sans attendre tu te jettes sur la porte et tu t'enfuis.
Ta fatigue est telle que tu perds deux points de vie. Lis le n° **312**.

221

Ce n'est pas la bonne réponse, lis le n° **173**.

222

De nouvelles marques apparaissent sur le visage de l'homme, qui se gratte de plus belle.
— Faites attention, chevalier ! Il ne fallait écrire « leurs » qu'une seule fois.

La phrase s'écrit :
Les chevaliers sont prêts, leur roi leur donne leur armure et leurs provisions.

> Règles : leur/leurs
> *Leur placé devant un verbe est pronom personnel et ne prend jamais d's.*
> *Leur devant un nom prend un s si ce nom est au pluriel.*
> *Leur armure est au singulier parce que chaque chevalier a une seule armure.*
> *Leurs provisions est au pluriel parce que chaque chevalier a plusieurs provisions.*
> *On écrit : leur nez et leurs oreilles.*

Tu as l'impression d'avoir attrapé la gale. Tu perds deux points de vie.
Une fois dehors, tu traverses le couloir pour entrer dans la pièce en face. Lis le n° **241**.

223

Cette fois c'est terminé, ta réponse achève Errare.
— Chevalier, un moment, j'ai cru prendre le dessus, mais vous êtes le plus fort, je dois disparaître.
La phrase est bien écrite correctement :
Cinq heures sonnent au clocher de l'église.
Dans ce cas il faut mettre le verbe au pluriel.
Mais, il faut écrire « il est cinq heures » et « cinq heures est une heure agréable ».
Tu veux te précipiter vers Errare, mais seule une spirale de fumée flotte au-dessus du fauteuil. Lis le n° **243**.

224 Tu passes dans la chambre juste en face.
Un vieil homme à la longue barbe est assis devant une table. Il est en train d'écrire. Tu t'approches et tu lis :
Détruite par une guerre impitoyable, les villes sont désertées.
— Tenez, chevalier, pensez-vous que cette phrase contienne une faute d'orthographe ? Observez les mots soulignés.
Si tu penses qu'il y a une faute, lis le n° **57**.
Si tu considères qu'il n'y en a pas, lis le n° **136**.

225 — Attention ! chevalier ! Vous devriez être sur vos gardes ! Vos réponses ne sont pas bonnes.

Règle : passé composé — *Au passé composé, les verbes sont conjugués soit avec l'auxiliaire avoir, soit l'auxiliaire être.* — *Ces auxiliaires sont toujours conjugués au présent de l'indicatif.* — *Avaient est à l'imparfait et non au présent.*

— Réfléchissez, chevalier, ne vous épuisez pas dans des épreuves faciles.
Le mur invisible est toujours là. L'homme retourne s'asseoir, il est prisonnier.
Tu lis le n° **340**.

226 Le combat avec le géant t'a épuisé... tu te promets d'être plus prudent dorénavant. Un carrefour, une porte ouvre sur le sud. Tu frappes, un homme à qui il manque un bras vient t'ouvrir.
— Donnez-vous la peine d'entrer, chevalier, voici votre épreuve. Dans une de ces trois phrases, le participe passé est mal accordé. Laquelle ?
1. Ils se sont donné la réponse à l'énigme.
2. Les chevaux se sont cabrés et se sont emballés.
3. Ils se sont parlés cordialement.
Si tu penses que la faute est dans la phrase 1, lis le n° **305**.
Si tu considères qu'elle est dans la phrase 2, lis le n° **320**.
Tu vois la faute dans la phrase 3 ? lis le n° **311**.

227 Ta réponse réjouit le petit cyclope.
— Bravo ! chevalier, l'intrus est bien « ivoire ». Ivoire est un des rares noms masculins se terminant en « oire », les autres se terminent en « oir » et les noms féminins en « oire ».
Tu te retires et tu lis le n° **4**.

228 L'homme à la pipe se racle la gorge tout en bourrant sa pipe.
— Mais non ! chevalier ! vous vous trompez, vos réponses sont fausses.
Le suffixe suit toujours le radical, il ne peut pas remplacer un préfixe. Un radical peut avoir plusieurs suffixes. Ex. : répara<u>teur</u> — répara<u>tion</u> — répar<u>able</u>.
La fumée te fait tousser de plus belle, vite ! dehors. Tu perds deux points de vie.
Tu vas vers l'est puis tu tournes sur ta droite à la première bifurcation. Lis le n° **299**.

229 Tu traverses le couloir car tu as vu une porte qui donne sur l'ouest. Tu ouvres : un tout petit homme chauve est confortablement installé dans un fauteuil.
— Décidément, c'est bien vrai ! Notre sauveur est bien là. La rumeur qui court est exacte ! Chevalier, voici votre épreuve. Il faut remplacer les points par « quand », « quant » ou « qu'en ».
___1___ aux erreurs que vous avez faites, elles sont regrettables. ___2___ on commence une tâche, il faut l'accomplir jusqu'au bout. ___3___ pensez-vous ?
Si tu as mis « quand » en 1 , « quant » en 2 et « qu'en » en 3, lis le n° **304**.
Si tu as mis « qu'en » en 1, « quand » en 2 et « quant » en 3, lis le n° **132**.
Si tu as mis « quant » en 1, « quand » en 2 et « qu'en » en 3, lis le n° **343**.

Si tu as mis « quant » en 1, « qu'en » en 2 et « quand » en 3, lis le n° **132**.

230

A la bifurcation, tu peux prendre trois directions.
Si tu vas vers l'est, au croisement suivant, lis le n° **151**.
Si tu prends vers le sud pour entrer dans la première pièce qui ouvre sur l'est, lis le n° **345**.
Si tu préfères le nord et entrer dans la première pièce qui ouvre sur l'est, lis le n° **202**.

231

A ta réponse les yeux du sorcier Errare jettent des lueurs de satisfaction.
— Alors, chevalier ? Auriez-vous quelques faiblesses ? Il faut écrire :
J'aime tous les combats, excepté les duels avec les couards.
Lorsque « excepté » est placé devant le nom il est invariable. Par contre il aurait fallu écrire : « J'aime les combats, les duels avec les couards exceptés. »
Vous n'avez plus que 10 points de vie et moi j'en ai toujours 20.
Voici votre deuxième question. Attention c'est la dernière, si vous ne répondez pas !
Les flèches tombent drues sur les assaillants de la citadelle.
Si tu penses qu'Errare écrit correctement, lis le n° **331**.
Si tu crois qu'Errare fait une faute, lis le n° **310**.

232 Le regard de l'homme vert devient cruel.

— Non ! chevalier ! Erreur. Deux verbes sont mal accordés. Il s'agit des phrases :

2. Le chevalier Libra ou le chevalier Glandra commandera l'armée (seulement un des deux peut commander).

4. Ni dame Aliana ni dame Elvine ne peut épouser le vainqueur de l'épreuve (seulement une des deux peut épouser le vainqueur).

> Règle : accords particuliers des verbes
> *Quand un verbe a plusieurs sujets résumés en un seul mot, comme tout, rien... c'est avec ce mot qu'il s'accorde.*
> *Quand un verbe a deux sujets singuliers unis par ou ou par ni, il se met au pluriel à moins que l'action ne puisse être attribuée qu'à un seul sujet.*

Tu as perdu deux points de vie. Lis le n° **17**.

233 En sortant, tu continues sur ta droite. Soudain un jet de flammes jaillit de l'obscurité et te manque de peu. Tu te jettes à plat ventre sur le sol. Pas très rassuré, tu lèves les yeux : un énorme dragon avance vers toi. Que faire ? Il faut l'affronter ! Un nouveau jet de flammes jaillit de sa gueule.

Si tu as plus de 15 points de vie, lis le n° **307**.
Si tu en as moins de 15, lis le n° **334**.

234 Tu marches depuis quelques minutes quand, tout à coup, tu entends un sinistre grognement suivi d'un grondement de tonnerre. Ces bruits viennent du couloir est, particulièrement sombre. Une silhouette surgit à quelques mètres de toi ! Avec effroi tu reconnais un sanglier géant.
Si tu as plus de 13 points de vie, lis le n° **156**.
Tu en as moins de 13 ? lis le n° **264**.

235 Tu débouches la fiole et tu la portes à tes lèvres. L'élixir rouge est pétillant avec un léger goût d'hydromel. Immédiatement, une onde rafraîchissante te parcourt le corps. Tes forces reviennent.
Tu gagnes deux points de vie (ne dépasse pas 20).
Tu continues vers le sud. Lis le n° **151**.

236

A ta réponse, les oreilles de la créature mi-homme mi-chat se redressent et ses yeux deviennent étrangement brillants.

— Erreur ! chevalier, feule la créature. La phrase s'écrit.

Le pont qui enjambe la rivière est peu solide, on ne peut pas s'y aventurer sans risque.

> Règle : peu/peut
> *Il ne faut pas confondre peut du verbe pouvoir et peu adverbe de quantité.*
> *Si l'on peut mettre l'imparfait pouvait, il faut écrire peut.*

Tu perds deux points de vie. Tu repars d'abord vers le nord puis vers l'ouest.

Lis le n° **180**.

237

Quelques pas plus loin : deux portes, une à droite et une à gauche. Tu préfères prendre celle de droite.

Un petit homme, son immense barbe en broussaille, te regarde entrer en fumant une longue pipe. A l'odeur, tu devines qu'il fume un genre de drogue.

— Chevalier, lisez cette liste de verbes qui sont conjugués à l'imparfait de l'indicatif. Combien sont faux ?

vous remplissiez (remplir) — nous conclusions (conclure) — ils avouaient (avouer) — je perdais (perdre) — vous balaiiez (balayez) — nous criions (crier) — nous habillions (habiller).

Si tu penses qu'il y a 4 fautes, lis le n° **79**.
Tu en relèves 2 ? lis le n° **203**.

238

A ta réponse, l'homme se réveille brusquement, comme s'il sortait d'un mauvais rêve.
— Vous avez raison, chevalier, la phrase ne contient aucune faute. Elle s'écrit bien :
Le chasseur appelle ses chiens et les emmène dans la plaine.
Le sujet des deux verbes est « le chasseur » nom au singulier.
Maintenant l'homme est tout à fait réveillé.
Tu le laisses pour aller vers le sud.
Lis le n° **61**.

239

Le garde hésite un instant, relit ses notes et fait signe à l'archer. Celui-ci prend une flèche, tend son arc, mais ne lâche pas la corde. Il repose sa flèche, en choisit une autre qu'il examine. Cette fois la flèche part et va se planter assez loin de toi.
— Très bien ! chevalier. Je « cousus » n'est pas le passé simple de « coudre ». Cette forme n'existe pas. Au passé simple, « coudre » donne « je cousis — nous cousîmes ».
Passons enfin à la quatrième question.
Au passé simple, le verbe traire fait je trayais — tu trayas — il traya...
Si tu dis oui, lis le n° **248**.
Si c'est non, lis le n° **189**.

240 Une étincelle de joie brille dans l'œil unique du cyclope.
— Il y avait bien 6 mots invariables :
alors — désormais — autrefois — jamais — puis — sans.
Vous n'avez pas confondu « prêt » avec « près de », « ver » avec « vers » et « guerre » avec « guère ».
Tenez ! chevalier, poursuit le cyclope, buvez cette potion, elle vous redonnera des forces.
Il te tend une fiole pleine d'un liquide vert. Tu en bois le contenu, immédiatement ses effets magiques te réconfortent.
Tu gagnes 4 points de vie (ne dépasse pas 20).
Tu sors et tu lis le n° **19**.

241 La porte s'ouvre sur une salle magnifiquement décorée. Un plancher poli recouvre le sol. Au fond, une autre porte. Sur un des murs sont accrochés deux tableaux. Tu t'approches pour les contempler. L'un d'eux est un portrait d'homme, l'autre est blanc. Les lèvres du portrait remuent et tu entends une voix :
— Chevalier ! regardez l'autre tableau.
Un texte apparaît dès que tu l'observes. Tu lis :
1. En <u>bondissant</u> sur les rochers, les torrents dévalent la pente.
2. Les torrents <u>bondissants</u> dévalent la pente.
3. Les torrents <u>bondissant</u> sur les rochers dévalent la pente.

— Une de ces phrases a-t-elle une faute ? reprend la voix. Regardez bien les mots soulignés.
Si tu penses que la faute est dans la phrase 1, lis le n° **51**.
Si pour toi, la faute est dans la phrase 2, lis le n° **119**.
Si tu vois une faute dans la phrase 3, lis le n° **152**.
Si tu ne relèves pas de faute, lis le n° **63**.

242 Ce n'est pas la bonne réponse, lis le n° **214**.

243 A la voix qui t'interpelle, tu te retournes vers l'alcove.
— Merveilleux, chevalier ! Vous avez battu le sorcier Errare. Merveilleux, le roi Littré Ier a bien fait de faire appel à vous. Vite approchez, chevalier !
Tu t'approches de l'alcove pour découvrir un homme de haute taille. Ses sourcils broussailleux dominent un regard dont la bonté te pénètre jusqu'au fond de l'âme. Sa barbe se confond avec sa longue toge blanche.
— Enchanteur Grevisse, je suis soulagé de vous trouver vivant, t'exclames-tu.
— Vite, chevalier, vite, les clefs que vous avez prises aux gardes, ouvrez, je suis prisonnier depuis si longtemps !
Tu observes la porte : il y a 8 trous de serrure, chaque trou a la forme d'une lettre, un O, un M, un F, un R, un P, un T, un S et un C.

— Vous devez mettre les clefs dans l'ordre pour former un mot, t'explique l'enchanteur. Quel mot écris-tu avec tes clefs ?
Si tu écris MORT, lis le n° **206**.
Si tu écris FORT, lis le n° **338**.
Si tu écris SORT, lis le n° **268**.
Si tu écris PORC, lis le n° **28**.
Si tu ne peux écrire aucun de ces mots, lis le n° **330**.

244

Tu arrives devant un pont qui semble avoir été laissé à l'abandon.
Si tu prends le pont, lis le n° **271**.
Si tu préfères trouver un autre passage vers le sud, lis le n° **134**.
Si tu veux chercher un autre accès vers le nord, lis le n° **95**.
Si tu choisis l'ouest, lis le n° **4**.

245

Marchant vers le sud, après quelques mètres, tu trouves une porte sur ta droite. Un bossu travaille devant un écritoire.
— Entrez, chevalier, entrez ! Tenez, lisez, te dit-il en te tendant une feuille.
Tu prends la feuille :
1. Les êtres maléfiques ont envahi le pays, il faut les combattre.
2. Les guerriers saisirent leur épée et frappèrent le dragon.
3. Les gardes allèrent saisirent le brigand quand il leur échappa.
— Chevalier, observez bien les verbes de ces

phrases. Dans quelle phrase y a-t-il une faute ?
Si tu vois une faute dans la phrase 1, lis le n° **286**.
Si c'est dans la phrase 2, lis le n° **67**.
Si c'est dans la phrase 3, lis le n° **34**.

246

Le garde prend une flèche dans son carquois. Il tend la corde et tire. La flèche t'évite de peu.
— Très bien, chevalier, votre réponse est bonne. Voici la deuxième question :
Le verbe venir, à la 1re personne du pluriel s'écrit au passé simple nous vinmes.
Si tu dis oui, lis le n° **140**.
Si tu dis non, lis le n° **181**.

247

Le nain saute de son fauteuil.
— Bravo, chevalier ! Cette épreuve était difficile car il y avait des verbes irréguliers. Il y avait effectivement 4 fautes :
bouillir, il bout — moudre, nous moulons — dire, vous dites — haïr, je hais.
Les autres verbes étaient bien écrits. Attention à vaincre (je vaincs — tu vaincs — il vainc) ; à croître (je croîs — tu croîs — il croît) à ne pas confondre avec je crois — tu crois — il croit.
Tu repars vers l'est.
Tu lis le n° **158**.

248 A ta réponse, le garde pose ses feuilles à terre et fait signe à l'archer. La flèche part et te blesse à la cuisse gauche. Tu perds deux points de vie.
— Non ! chevalier, vous vous êtes trompé ! Le verbe « traire » est un verbe défectif, il n'a pas de passé simple.
Le garde te libère et disparaît par la porte. Si tu es encore en vie et si tu en as la force tu peux attaquer l'archer qui doit posséder une clef. Points de vie de l'archer : 11. Tes points de vie ?
Si tu combats l'archer, lis le n° **253**.
Si tu ne peux pas le combattre, lis le n° **142**.

249 A ta réponse les toiles d'araignées s'agrandissent et commencent à occuper le coin jusqu'ici épargné.
— Mais, non ! chevalier, votre réponse est fausse, te crie l'homme mouche. La phrase doit s'écrire :
A la rivière <u>où</u> vous arriverez, vous traverserez par le bac <u>ou</u> par le pont.

> Règle : ou/où
> *<u>Où</u> marque le lieu ou le temps.*
> *<u>Ou</u>, sans accent, peut se remplacer par <u>ou bien</u>.*

En sortant, tu jettes un regard derrière toi. L'homme mouche est recroquevillé dans un coin. Une ombre sort d'une des toiles d'araignée. Il est trop tard pour le sauver.
Tu perds deux points de vie. Lis le n° **145**.

250 Au croisement, tu hésites : si tu continues vers le sud, lis le n° **278**.
Tu peux aller vers l'est jusqu'à la prochaine bifurcation, dans ce cas, lis le n° **182**.
Tu peux aller dans la salle en face à l'ouest, alors lis le n° **148**.

251 Ce n'est pas la bonne réponse, lis le n° **211**.

252 L'homme préhistorique lève sa massue et l'abat comme un furieux. Tu te baisses lestement, l'arme frappe avec violence la herse de fer et l'endommage. La taille du géant ralentit ses mouvements. Il lève de nouveau sa massue au-dessus de sa tête. C'est l'occasion ! Tu lui transperces le corps de ta lame. La brute titube et glisse sur le sol avec un grognement sourd. A son cou, attachée à une cordelette, une clef brille. Son panneton a la forme d'un O. Tu la prends.
L'ouverture faite par la massue te permet d'entrer. Le nain te tend à nouveau la feuille :
Le chevalier se dirige vers l'endroit d'où semble venir les cris d'appel au secours.
— Chevalier, observez les verbes de cette phrase et dites-moi s'il y a des fautes.
Si tu penses qu'il n'y a pas de faute, lis le n° **41**.
Si tu en vois une, lis le n° **130**.
Si tu en comptes deux, lis le n° **207**.

253 Si l'archer tire bien à l'arc, il est moins habile dans un combat au corps à corps. En quelques instants tu es vainqueur. Le garde s'écroule et meurt. Tu fouilles ses poches pour récupérer une clef dont le panneton a la forme d'un R.
Tu lis le n° **142**.

254 Ce n'est pas la bonne réponse, lis le n° **112**.

255 La guêpe géante fond sur toi, tu ne peux pas éviter son terrible dard. Une douleur fulgurante te paralyse l'épaule. L'insecte reprend son vol, tu te relèves avec peine. Vite ! Fuir ! car déjà l'horrible guêpe fonce de nouveau sur toi.
Tu cours vers le fond du couloir dans la direction de l'ouest.
Ta blessure te fait perdre deux points de vie.
Lis le n° **61**.

256 Après ta lutte avec l'ours, tu continues vers le nord, puis vers l'ouest. Quelques pas et tu entres dans une salle sur ta gauche, laissant celle sur ta droite, pour le moment.
Un homme, vêtu de loques, rédige, assis devant une table. Derrière lui, tu remarques une statue représentant un guerrier en armes. Apparemment, l'homme ne t'a pas entendu !

Alors qu'une dalle s'enfonce légèrement sous tes pas, la statue se met à bouger. Il faut faire front.
Points de vie de la statue : 13. Tes points de vie ?
Si tu as plus de 13 points de vie, lis le n° **267**.
Moins de 13 points de vie ? Tu es obligé de fuir, prends vers l'ouest au premier carrefour, lis le n° **212**.

257

— Mais non ! chevalier ! crie l'homme, vous faites erreur.
Le garde se retourne en dormant.
— Les phrases s'écrivent, continue l'homme :
1. Si vous écoutiez les conseils de l'enchanteur, vous réussiriez.
2. Si vous maniez l'épée adroitement, vous réussirez.

Règle : conditionnel ou futur
Avec la conjonction si, le présent appelle le futur : maniez → réussirez ; l'imparfait appelle le conditionnel : écoutiez → réussiriez.

— Je vous rappelle, continue l'homme, qu'à l'imparfait le verbe « manier » prend « ii ».
Cette fois, le garde ouvre un œil. Tu sors de la pièce rapidement et silencieusement.
Tu perds deux points de vie. Tu te diriges vers le nord-ouest, voici une porte qui ouvre vers le nord.
Lis le n° **282**.

258 — Merveilleux, chevalier ! Vous êtes très fort ! Décidément, je pense que vous êtes celui qui va nous sauver. Il faut bien écrire :
Des vêtements tout usés — des souliers tout neufs — des chaussures tout usées — des vestes toutes neuves.
Au fur et à mesure qu'il parle, l'homme invisible commence à se dessiner dans l'espace. Tu t'en vas, heureux d'avoir aidé, une nouvelle fois, un des copistes.
Tu lis le n° **303**.

259 Tu parviens à une bifurcation, il y a une porte sur ta gauche. Tu l'ouvres.
Une petite créature bossue est debout au fond de la pièce. Elle te dévisage de manière inquiétante.
— Chevalier ! lisez ! te dit-elle en tendant un parchemin :
Cette tâche est très dangereuse, mais soyez _____1_____ crainte, le chevalier _____2_____ occupera. Si difficile que soit son devoir, il _____3_____ acquittera _____4_____ faiblir.
Il faut remplacer les points par « sans » ou « s'en ».
Si tu mets « sans » en 2 et 3, lis le n° **127**.
Si tu mets « s'en » en 2 et 3, lis le n° **70**.

260 Tu frappes et tu entrouves la porte, tu entres. Un homme t'examine d'un air soupçonneux. Sans doute est-il incapable de parler, il s'exprime uniquement par gestes. L'homme te désigne du doigt le dernier mot d'une phrase. Tu as compris : il faut déterminer si ce mot est bien écrit :

Au cours de son aventure, le chevalier a rencontré un détachement ou une hostilité profonde.

Si tu penses qu'il y a une faute à « profonde », lis le n° **84**.

Si tu considères qu'il n'y en a pas, lis le n° **146**.

261

Comparé aux monstres que tu as déjà rencontré, ce n'est pas un grizzly qui va te faire peur. Tu brandis ton épée et avant qu'il n'attaque, tu l'étends raide. Tu fouilles la tanière où tu trouves de la viande séchée. Tu en manges un peu, celle-ci t'apporte un regain d'énergie. Ajoute deux points de vie à ton total et lis le n° **256**.

262

Parvenu à une bifurcation, tu continues vers l'est. Voici une porte dans laquelle est pratiquée une ouverture. Tu regardes par la lucarne, personne à l'intérieur ! Un peu inquiet, tu ouvres la porte et tu pénètres dans la chambre. Sur un guéridon de pierre, un parchemin est posé où tu lis cette phrase :

Les soldats ____1____ soif, ____2____ leur donne à boire.

— Chevalier, dans quel blanc écrivez-vous « on » et « ont » ?
Tu te retournes mais tu ne vois personne.
— Encore un être invisible, penses-tu.
Si tu écris « on » en 1 et « ont » en 2, lis le n° **183**.
Si tu écris « on » en 2 et « ont » en 1, lis le n° **306**.

263 Ce n'est pas la bonne réponse, lis le n° **107**.

264 Le sanglier arrive sur toi et te donne un formidable coup de boutoir. Celui-ci t'envoie dans les airs et tu retombes lourdement quelques mètres plus loin. Tu es trop étourdi pour voir le sanglier passer devant toi et disparaître.
Tu sens une douleur dans le dos. Tu perds deux points de vie.
Tu reviens sur tes pas vers le nord, à la première bifurcation. Lis le n° **212**.

265 — Mais, c'est magnifique ! Chevalier. Les phrases s'écrivent bien :
Qu'elles sont belles les forêts du royaume.
Quelles belles forêts nous avons traversées pendant notre voyage.
Pendant que l'homme aux verrues parle, d'autres victuailles apparaissent sur la table. Tout heureux, l'homme se précipite et conti-

nue à manger sans t'adresser le moindre regard. Lis le n° **339**.

266 En sortant, tu poursuis ton chemin vers le sud. Une porte donne sur ta droite. Tu pénètres dans une salle où des stalactites pendent du plafond. Un rideau sur le mur du fond semble dissimuler une autre porte. Tu y vas quand un craquement te fait lever la tête : juste au-dessus de toi une stalactite se détache. Un bond en arrière ! tu l'évites de justesse. Mais à peine es-tu remis de tes émotions qu'une seconde stalactite se détache.
Si tu as plus de 13 points de vie, lis le n° **47**.
Si tu en as moins de 13, lis le n° **110**.

267 Heureusement pour toi, la statue de fer est gênée dans ses mouvements, tu en viens à bout assez facilement. Autour de son cou pend une clef : le panneton a la forme d'un C, tu la prends.
Pendant le combat, l'homme déguenillé n'a même pas levé la tête. Tu es obligé de tendre l'oreille pour comprendre ce qu'il te dit.
— Répondez vrai ou faux :
1. Un préfixe se met avant le radical.
2. Les mots ont toujours un préfixe.
3. Les mots de la même famille ont toujours le même radical.
Dans l'ordre, si tu as mis VVV, lis le n° **221**.
Dans l'ordre, si tu as mis FFV, lis le n° **173**.
Dans l'ordre, si tu as mis VFF, lis le n° **293**.
Dans l'ordre, si tu as mis VVF, lis le n° **326**.

268 Tu viens de tourner la dernière clef dans la serrure. Rien ne se passe, le pêne ne bouge pas. Mais un gaz commence à s'échapper du trou de la serrure, la tête te tourne. Avec effarement tu vois tes pieds, tes jambes disparaître.

— Malheur, s'écrie l'enchanteur Grevisse, vous êtes en train de devenir invisible...

Tu te souviens des êtres invisibles que tu as rencontrés. Te voilà condamné à vivre dans le labyrinthe et à combattre les chevaliers venus libérer l'enchanteur Grevisse.

Ainsi se termine ton aventure.

269 Tu traverses le couloir, la porte de la salle est entrouverte. Un désordre indescriptible règne ici. Il ne reste pas la moindre place sur la table où s'empilent des feuilles noircies d'encre. Un gnome écrit, à plat ventre par terre. Il t'entend, se lève et prend une feuille sur la table.

— Tenez, chevalier, y a-t-il des fautes dans les verbes conjugués au futur simple ?

Tu lis les phrases suivantes :

1. Les soldats s'assoiront au bord de la route.
2. Ils apprécieront ce moment de repos.

Si tu penses qu'il n'y a pas de faute, lis le n° **168**.

Si tu penses qu'il y a une faute dans la phrase 1, lis le n° **196**.

Si tu considères qu'il y a une faute dans la phrase 2, lis le n° **211**.

Si tu comptes deux fautes, lis le n° **251**.

270 Ce n'est pas la bonne réponse, lis le n° **185**.

271 Le pont est plus solide qu'il ne le paraît. Néanmoins tu t'y engages avec prudence. A peine es-tu arrivé au milieu qu'il se met à se balancer comme s'il était vivant. Tu cherches à retrouver ton équilibre !
Si tu as plus de 13 points de vie, lis le n° **309**.
Si tu en as moins de 13, lis le n° **199**.

272 – Mais non ! chevalier, réponse fausse.
Seules « idole » et « insulte » sont féminins.
« Pétale », « ivoire » et « vivres » sont masculins, « vivres » est toujours au pluriel.
Désolé pour vous !
Tu perds deux points de vie.
En sortant tu te trouves à un croisement.
Tu lis le n° **250**.

273 — L'épreuve n'était pourtant pas très difficile, mais vous vous êtes trompé ! chevalier. Il fallait écrire :
Il fait froid depuis si longtemps que l'on s'y habitue.

> Règle : si/s'y
> *Il ne faut pas confondre si et s'y.*
> *S'y fait partie d'un verbe pronominal et peut se remplacer par m'y — t'y.*
> *S'y peut se remplacer par se + dans ou se + à.*

— Bonne chance, pour la suite de votre aventure !
Tu es en colère contre toi-même : perdre deux points de vie dans une épreuve aussi simple ! Enlève ces deux points à ton total. Lis le n° **200**.

274 Tu as décidé de poursuivre vers l'est. Première bifurcation, tu continues vers l'est. Deuxième bifurcation, tu vas toujours vers l'est. Te voilà devant une porte qui ouvre sur le sud. Tu ouvres : deux cyclopes sont en pleine discussion. L'un est de la taille d'un homme, l'autre est très grand, c'est un géant. Autant le petit te semble doux, autant le géant a l'air cruel.
Dès qu'il te voit, le cyclope géant dégaine son épée, c'est l'affrontement !
Si tu as plus de 13 points de vie, lis le n° **129**.
Si tu en as moins de 13, lis le n° **163**.

275 L'homme jette sa pipe dans un coin de la pièce.

— Me voici enfin débarrassé de cette drogue. Merci ! chevalier. En effet, vos réponses sont exactes. Je vais vous donner un conseil, chevalier, méfiez-vous de la couleur verte. Cette couleur ne vous portera pas chance.

En sortant tu vas vers l'est, puis tu tournes sur ta droite à la première bifurcation.

Tu lis le n° **299**.

276 Tu vois une larme couler de l'œil unique du cyclope.

— Non, erreur, chevalier ! dit le monstre, il y avait six mots invariables.

alors — désormais — autrefois — jamais — puis — sans.

Il ne fallait pas confondre « prêt » avec « près » — « foi » avec « fois » — « ver » avec « vers » et « guerre » avec « guère ».

Tu perds deux points de vie. Tu lis le n° **19**.

277 Ta réponse donne un coup fatal au sorcier.
— Chevalier, j'avais présumé de mes forces, vous êtes vraiment très fort ! Il y avait bien une faute dans la phrase, elle doit s'écrire :
Les flèches tombent dr<u>u</u> sur les assaillants de la citadelle.
Dans cette phrase « dru » est employé comme adverbe, donc invariable. Par contre il faudrait écrire : « des herbes drues poussent au bord des douves ».
A ces mots, et avant que tu n'aies pu faire un geste, le sorcier Errare disparaît, il reste seulement une spirale de fumée au-dessus de son fauteuil. Répercuté en échos par les murs du labyrinthe, tu entends :
— Décidément, chevalier, vous êtes très fort, très fort, fort, ort, rrrrrrr...
Lis le n° **243**.

278 En continuant vers le sud, tu trouves une porte sur ta gauche. Tu ouvres prudemment : c'est une pièce très claire. Assise dans un fauteuil, une silhouette humaine te tourne le dos. A ton approche la silhouette te fait face, à ton grand étonnement tu ne perçois aucun détail de corps humain, qu'une sorte de brume !
— Entrez, chevalier ! Pouvez-vous répondre à cette question ? Comment accordez-vous « vendu » dans la phrase suivante ?
Les veaux, les vaches et les chèvres furent ________________.

Si tu as écrit « vendus », lis le n° **164**.
Si tu as écrit « vendues », lis le n° **194**.

279 L'homme qui s'était assis te jette un regard consterné.
— Hélas ! chevalier, votre réponse est fausse. Le verbe avoir est mal orthographié. Il fallait mettre :
Je crains qu'il n'ait oublié les clefs du coffre.

> Règle : mode indicatif ou mode subjonctif
> *Pour ne pas confondre la première (ou la troisième) personne du singulier du passé composé avec la première (ou la troisième) personne du singulier du passé du subjonctif, il faut construire la phrase avec nous : Je crains que nous n'ayons oublié les clefs du coffre.*

Tu perds deux points de vie.
— Bonne chance, te dit l'homme en voulant te tendre la main, mais il a beaucoup de mal à bouger. Triste, tu le laisses ainsi et tu te retires. Lis le n° **348**.

280 Tu aboutis à un croisement.
Si tu vas vers l'est, lis le n° **282**, dans ce cas tu entres dans la première pièce au nord.
Si tu vas vers l'ouest, puis vers le sud pour entrer dans la première pièce qui ouvre sur l'ouest, lis le n° **309**.

281 Une fois la porte franchie, des marches descendent, puis un couloir qui mène sans doute, vers l'est. Un bruit métallique derrière toi, une grille vient de fermer le passage ! Impossible de faire demi-tour. Les pierres précieuses qui éclairent le souterrain, s'éteignent, tu dois continuer dans le noir. Tu marches en direction de l'est. Des gouttes d'eau tombent du plafond et tu entends le bruit d'une rivière. Probablement le couloir passe sous une rivière. Après plusieurs minutes de marche, de nouveau des marches : un escalier monte en tournant. Enfin, tu aperçois un rai de lumière sous une porte. Tu ouvres, soulagé, tu te retrouves à la lumière. En te retournant, tu vois que la porte que tu viens de franchir est percée à la base d'une colonne qui supporte une immense statue. Elle représente un homme très richement vêtu, le visage très maigre et un regard à te donner des frissons. Sans doute, le sorcier Errare ! te dis-tu.
En sortant de la colonne, tu te diriges vers le sud, sur ta droite. Lis le n° **172**.

282 Tu entres : un homme est assis devant une table. A ton approche, il se lève et vient vers toi. Tu remarques ses pieds déformés et sa marche difficile.
— Bienvenue, chevalier ! Entrez donc. Voici votre épreuve. Pour compléter les phrases suivantes, choisissez le bon homonyme dans la liste ci-dessous :

1. Voie — 2. voix — 3. cent — 4. sans — 5. sang — 6. renne — 7. reine — 8. rêne — 9. sot — 10. seau — 11. sceau — 12. délasse — 13. délace.

— Je pense que vous êtes sur la bonne ____________

— Mon ____________ n'a fait qu'un tour.

— Le cavalier tient les ____________ de son cheval.

— L'écuyer donne un ____________ d'eau au cheval.

— Le chevalier se ____________ des fatigues de son épreuve.

Si tu as mis 2 — 4 — 6 — 9 — 13, lis le n° **242**.
Si tu as mis 1 — 5 — 8 — 10 — 12, lis le n° **159**.
Si tu as mis 1 — 3 — 8 — 10 — 13, lis le n° **214**.
Si tu as mis 2 — 5 — 6 — 10 — 12, lis le n° **128**.

283

Ce n'est pas la bonne réponse, lis le n° **228**.

284

Ce n'est pas la bonne réponse, lis le n° **321**.

285 Le regard fixe du sorcier engourdit ton corps et te paralyse.
— Non ! chevalier, un moment j'ai eu peur, mais c'en est fini de vous, votre réponse est fausse. La phrase s'écrit bien :
Cinq heures sonnent au clocher de l'église.
Dans ce cas, il faut mettre le verbe au pluriel. Mais attention, il faut écrire « il est cinq heures » et « cinq heures de l'après-midi est une heure agréable ».
Tu veux bouger, mais le sorcier tend l'index de sa main droite vers toi. Un éclair jaillit, tu as l'impression que ta tête explose.
Ainsi se termine ton aventure.

286 — Mais non ! chevalier, faites attention, non ! la faute est dans la troisième phrase. Elle s'écrit :
Les gardes allèrent saisir le brigand mais il leur échappa.

> Règle : l'infinitif
> — *L'infinitif est invariable.*
> — *Il ne faut pas confondre l'infinitif en ir (saisir) avec la troisième personne du pluriel du passé simple (saisirent). Pour ne pas les confondre, mettre le verbe à l'imparfait. Si cela est possible (saisissaient), écrire irent.*

Tu perds deux points de vie.
— Tiens, je n'avais pas remarqué que cet homme boitait, penses-tu en sortant.
Tu te diriges vers le sud et tu lis le n° **234**.

287 Pratiquement en face de chez la vieille dame, une autre porte. Tu frappes et tu entres : un homme tout petit se réfugie dans un coin. Il est amputé d'une main.
— N'approchez pas chevalier, je vous en prie. Restez où vous êtes. J'ai la peste. Le texte de votre épreuve est sur la table en entrant.
Tu regardes le papier sans oser y toucher : c'est une liste de noms composés :

un chien-loup	**des chiens-loups**
un coffre-fort	**des coffres-forts**
une pomme de terre	**des pommes de terres**
un tire-ligne	**des tires-lignes**
un timbre-poste	**des timbres-poste**
une grand-mère	**des grand-mères**

Les noms composés sont au pluriel, déterminez pour chacun si le pluriel est correct ou non.
Dans l'ordre, si tu as mis VVFVFF, lis le n° **139**.
Dans l'ordre, si tu as mis VVVFFV, lis le n° **314**.
Dans l'ordre, si tu as mis VVFFVV, lis le n° **217**.

288 Ce n'est pas la bonne réponse, lis le n° **107**.

289 Ce n'est pas la bonne réponse, lis le n° **225**.

290 La porte qui ferme la pièce est finement travaillée. A peine es-tu devant qu'elle s'ouvre toute seule. Tu pénètres dans un lieu luxueusement aménagé. Le sol est en marbre, un superbe bureau d'acajou occupe le centre de la pièce, devant, un grand fauteuil. Tout autour de la pièce, des milliers de livres sont soigneusement rangés dans de magnifiques bibliothèques qui montent jusqu'au plafond. Dans le fond, à droite, une alcove fermée par une porte avec une petite ouverture aménagée au centre.

— Entrez, chevalier, te dit une voix pleine d'assurance. Je vous félicite, vous êtes le seul à être arrivé jusqu'ici.

A ce moment, le fauteuil fait un demi-tour et tu vois apparaître le sorcier Errare en chair et en os. Ce que tu remarques surtout, c'est son regard que tu as du mal à quitter.

— Chevalier, continue le sorcier, nous voici au terme de votre quête. Mais l'un de nous est de trop. Voici ce que je vous propose... Tout d'abord, je vais vous redonner tous vos points de vie. Regardez-moi dans les yeux.

Tu n'as pas trop confiance, mais tu fixes le regard d'Errare. Une onde bienfaisante te parcourt le corps et tu retrouves toutes tes forces.

— Nous voici à égalité maintenant. Nous avons tous les deux vingt points de vie, poursuit le sorcier. Alors venons-en au fait. Je vais vous poser une question. Si vous répondez juste, je perds dix points de vie, mais si vous répondez faux, c'est vous qui perdez dix points de vie. Si l'un de nous a zéro point de vie, il disparaîtra à jamais de la vie terrestre. Je vous l'ai dit, l'un de nous deux est de trop. Etes-vous prêt chevalier ? Voici votre première question. Lorsque j'écris :

J'aime tous les combats, excepté les duels avec les couards.

est-ce que j'écris « excepté » correctement ?

Si tu penses qu'Errare fait une faute, lis le n° **231**.

Si tu penses qu'Errare ne fait pas de faute, lis le n° **190**.

291 A ta réponse, les lèvres du sorcier se plissent et forment un sourire narquois.

— Et non, chevalier ! Erreur, cette phrase avait une faute, il fallait écrire :

Les flèches tombent dru sur les assaillants de la citadelle.

Dans cette phrase « dru » est employé comme adverbe, donc invariable. Par contre il faudrait écrire « des herbes drues poussent au bord des douves ». Après certains verbes, certains adjectifs neutres s'emploient comme des adverbes et restent invariables : bas, bon, cher, clair, court, creux, doux, droit, dru, faux, ferme, fort, franc, gras, gros, haut, juste, net, profond et sec.

A ces mots le regard d'Errare te fixe et tu sens une onde te parcourir le corps.

— Maintenant nous sommes à égalité, dix points de vie chacun. Passons maintenant à la troisième question. Le verbe de cette phrase est-il correctement écrit ?

Cinq heures sonnent au clocher de l'église.

Si tu penses qu'Errare écrit correctement, lis le n° **223**.

Si tu penses qu'Errare fait une faute, lis le n° **317**.

292 Tu es obligé de tendre l'oreille pour entendre ce que l'homme murmure.

— Mais non, chevalier, faux ! Voici la phrase correcte :

C'est au combat que le chevalier s'est blessé.

> Règle : c'est/s'est
> *se et s' appartiennent aux verbes pronominaux. En les conjuguant, on peut remplacer s' par me, te (je me suis blessé).*
> *Dans les autres cas, il faut écrire c'est.*

Au cours de l'explication, la voix de l'homme devient de moins en moins audible.
Tu perds deux points de vie.
Tu sors de la pièce et tu lis le n° **300**.

293 Au fur et à mesure que tu réponds, l'homme sourit davantage.
— Très bien, chevalier, toutes vos réponses sont exactes. J'ai eu tort de ne pas vous faire confiance. Tenez ! Je vais vous confier un secret. N'allez pas dans la salle en face, vous ne sortiriez pas vivant de l'épreuve, prenez des forces avant.
Tu remercies l'homme avant de le quitter. En sortant, tu examines la porte juste en face. Mieux vaut tenir compte de son conseil ! Tu vas vers l'ouest. Lis le n° **103**.

294 Après ta victoire sur le garde, l'homme en haillons espérait une bonne réponse.
— Malheur ! chevalier ! La deuxième phrase était correcte, l'erreur était dans la première phrase qui doit s'écrire :

Rappelle-toi les conseils de l'enchanteur !
Le verbe de la première phrase est au présent de l'impératif (toi est un pronom complément).
Le verbe de la deuxième phrase est au présent de l'indicatif à la forme interrogative.
Tu quittes l'homme en haillons au désespoir.
Tu perds deux points de vie. Lis le n° **78**.

295

L'homme se réveille.
— Merveilleux chevalier, te dit-il d'une voix pâteuse, il fallait bien mettre :
Le régiment se tenait près du bois, prêt à riposter en cas d'attaque.
« Près » est un adverbe de lieu et est invariable. Alors que « prêt » est un adjectif qualificatif.
Tu t'en vas, laissant l'homme se réveiller tout à fait. Tu lis le n° **195**.

296

Voici l'entrée d'une salle, fermée seulement par un rideau. Tu le soulèves : un homme est en train de fumer une longue pipe. L'odeur qui règne ici te fait tousser.
— Bienvenue, chevalier ! Fumez-vous ?
Tu déclines l'offre poliment.
— Ainsi, continue l'homme, vous êtes arrivé jusqu'ici, mes félicitations ! Mais trêve de bavardages. Passons à votre épreuve. Voici trois affirmations, après chacune d'elles dites vrai ou faux :

— Le suffixe suit toujours le radical.
— Le suffixe peut remplacer un préfixe.
— Un même radical peut avoir plusieurs suffixes pour former plusieurs mots.
Dans l'ordre, si tu as mis VFV, lis le n° **275**.
Dans l'ordre, si tu as mis VFF, lis le n° **228**.
Dans l'ordre, si tu as mis VVF, lis le n° **283**.

297

Une idée te traverse l'esprit, en mettant un tabouret sur la table, il faudrait, avec un chiffon, empêcher les gouttes d'eau de tomber. Tu veux traîner la table au-dessous de la tache d'humidité, mais celle-ci change de place dès que tu bouges la table. La sueur coule à grosses gouttes de ton front. En dépit de tes efforts désespérés tu n'es pas assez rapide. Ta tête te fait de plus en plus mal. Tu t'évanouis...
Ainsi se termine ton aventure.

298

— Vraiment, très bien, chevalier, votre réponse est exacte. En effet il faut écrire :
une heure et demie — une demi-heure
« Demi » reste invariable s'il est devant le nom. Par contre, il s'accorde seulement en genre s'il suit le nom et s'il y est joint par « et ».
Depuis que tu as donné ta réponse, le vieillard semble rajeunir. Tu sors de la pièce pour te rendre dans celle d'en face.
Lis le n° **269**.

299 Quelques mètres vers le sud, et dans une cavité, tu découvres un petit coffre.
Si tu ouvres le coffre, lis le n° **37**.
Si tu préfères laisser le coffre, lis le n° **151**.

300 Tu es à un croisement.
Si tu vas vers l'est pour entrer dans la première pièce sur ta droite, lis le n° **318**.
Si tu choisis de prendre vers le nord pour visiter la première pièce sur ta droite, lis le n° **260**.

301 Tu te baisses rapidement, la massue vient frapper la porte qui vole en éclats. Le géant est beaucoup trop fort pour toi. Tu préfères te sauver.
En prenant la fuite, tu vas vers l'ouest jusqu'au premier carrefour. Lis le n° **300**.

302 L'eau monte rapidement, seule ta tête émerge à la surface. Tu te souviens avoir aperçu une trappe sur le sol, tout à l'heure en entrant. Tu prends ta respiration et tu plonges vers le fond, malheureusement le souffle te manque, il faut remonter à la surface. Tu recommences ; à la troisième tentative, la plaque commence à se soulever. Encore un effort, ouf ! ça y est l'eau s'engouffre dans le trou, le niveau baisse. L'eau s'arrête de couler du plafond. Seul un mince

filet reste sur le sol, les serrures de la porte d'entrée claquent. Tu es libre.
Lis le n° **118**.

303

Tu continues vers l'est, peut-être un peu découragé car les épreuves sont de plus en plus difficiles.
Une porte ferme une pièce sur ta gauche. Tu l'ouvres rapidement pour surprendre un éventuel ennemi. La pièce est dans un ordre remarquable, des livres sont soigneusement rangés sur des rayonnages. Tu avances pour consulter un des ouvrages. Il y a une tache d'humidité au plafond : une goutte d'eau se détache et tombe...
En touchant le sol, elle fait un bruit assourdissant qui se répète en écho infini. Une seconde goutte tombe, touche le sol... Tout ton corps vibre au même rythme que le bruit qui se répercute d'un mur à l'autre. Soudain tu ressens une douleur insupportable. Panique ! la porte est fermée à clef.
Si tu as plus de 13 points de vie, lis le n° **220**.
Si tu as moins de 13 points de vie, lis le n° **297**.

304 Le petit homme se tient la tête à deux mains.

— Le beau héros que vous faites ! Echouer dans une épreuve aussi simple, c'est bien regrettable. Il faut écrire :

Quant aux erreurs que vous faites, elles sont regrettables. Quand on commence une tâche, il faut l'accomplir jusqu'au bout. Qu'en pensez-vous ?

> Règle : quand/quant/qu'en
> *Quand exprime le temps. Généralement, il peut se remplacer par lorsque.*
> *Quant est suivi des prépositions à, au, aux et peut se remplacer par en ce qui concerne.*
> *Qu'en peut se décomposer en que... en.*

Tu perds deux points de vie et tu repars. Lis le n° **233**.

305 Ce n'est pas la bonne réponse, lis le n° **320**.

306 — Très bien chevalier, te répond la voix.

Ce succès te semble bien facile, mais tu te méfies : qu'est-ce que la suite te réserve ?

Tu continues vers l'est et tu lis le n° **210**.

307 Tu roules sur le côté, les flammes te manquent de peu et brûlent la mousse à l'endroit où tu étais. Ton épée de la main droite et ton bouclier de la main gauche pour te protéger des flammes, tu t'avances. La grande taille du dragon joue contre lui. Dès que tu arrives à proximité, tu plonges ton épée à l'endroit où les écailles vertes paraissent moins épaisses. Le monstre pousse un cri qui te transperce les oreilles, vacille et s'effondre. Sa queue remue encore un peu puis cesse bientôt, le dragon est mort. Après ce combat exténuant, tu te reposes quelques minutes. Tu te relèves et tu avances vers l'ouest pour aller dans la deuxième salle à gauche.
Lis le n° **318**.

308 Ce n'est pas la bonne réponse, lis le n° **327**.

309 Te voilà sur la rive est de la rivière. Tu longes vers le sud un mur : une herse de fer ferme une pièce orientée vers l'ouest. Un nain accoudé à une table est en train d'écrire. Tu l'appelles, il vient en traînant des pieds.
— Tenez, chevalier ! voici le texte de votre épreuve. Il te tend une feuille à travers les barreaux. Tu la prends, mais le regard terrifié du nain t'arrête ! Un homme préhistorique géant se tient juste derrière toi, il te menace

de sa massue. Points de vie de l'homme préhistorique : 15. Les tiens ?
Si tu as plus de 15 points de vie, lis le n° **252**.
Si tu en as moins de 15, lis le n° **66**.

310 Ta réponse fait perdre un peu d'assurance à Errare, tu as même l'impression que son dos se voûte.
— Bien chevalier, votre réponse est bonne. En effet il y a bien une faute dans la phrase, elle doit s'écrire :
Les flèches tombent dru sur les assaillants de la citadelle.
Dans cette phrase « dru » est employé comme adverbe, donc invariable. Par contre il faudrait écrire : « des herbes drues poussent au bord des douves ».
Le sorcier Errare reprend son arrogance pour te dire :
— Maintenant, nous sommes à égalité, dix points de vie chacun. Passons à la troisième question. Le verbe de cette phrase est-il correctement écrit ?
Cinq heures sonnent au clocher de l'église.
Si tu penses qu'Errare écrit correctement, lis le n° **341**.
Si tu penses qu'Errare fait une faute, lis le n° **285**.

311 — Magnifique, bonne réponse ! crie l'homme. Vous êtes bien le héros que nous attendions. En effet la troi-

sième phrase doit s'écrire :
Ils se sont parlé cordialement.
Eh ! oui, pour certains verbes pronominaux, le participe passé est invariable. Voici la liste de ces verbes : se nuire — se parler — se plaire — se déplaire — se suffire — se survivre.
— Je vous remercie chevalier, continue l'homme, bonne chance pour la fin de votre quête. Je pense que vous avez bientôt terminé, plus que deux salles ! Heureux, plein d'espoir, tu quittes l'homme.
Tu lis le n° **325**.

312

Maintenant que tu as récupéré, il faut continuer vers l'est. Tu choisis la première pièce sur ta gauche, te promettant de ne plus entrer dans une salle sans occupant. Tu ouvres : un cyclope, comme celui que tu as déjà vu, t'accueille très gentiment.
— Entrez, chevalier ! Vous savez que dans cette partie du labyrinthe, nous ne voyons pas grand monde. Voici votre épreuve, il te tend un papier. Tu le prends et tu lis :
Il fait froid depuis ___1___ longtemps que l'on ___2___ habitue.
— Vous devez remplacer les points par « si » ou « s'y ».
Si tu as mis « s'y » en 1 et « si » en 2, lis le n° **273**.
Si tu as mis « si » en 1 et « s'y » en 2, lis le n° **184**.

313 Ce n'est pas la bonne réponse, lis le n° **347**.

314 – Non, chevalier, erreur ! Surtout n'approchez pas ! Je suis très contagieux. Il fallait écrire :
des chiens-loups — des coffres-forts — des pommes de terre — des tire-lignes — des timbres-poste — des grand-mères.

> Règle : pluriel des noms composés
> *Les deux éléments varient lorsque les noms composés sont formés par deux noms, deux adjectifs et un nom et un adjectif.*

Tu es tellement effrayé par la lèpre que tu sors aussitôt.
Tu perds deux points de vie. Lis le n° **182**.

315 Ce n'est pas la bonne réponse, lis le n° **333**.

316 Tu passes dans un couloir sur lequel n'ouvre aucune porte. Mais, là-bas, un trou sombre semble être l'entrée d'une caverne. Tu t'approches avec prudence. Une forte odeur s'en dégage : il y a sûrement un animal à l'intérieur. Soudain, la tête d'un ours gigantesque apparaît : c'est un grizzly.

Points de vie du grizzly 11. Les tiens ?
Si tu as plus de 11 points de vie, lis le n° **261**.
Moins de 11 points de vie ? Tu dois fuir et revenir au premier carrefour vers le sud, lis le n° **179**.

317

Tu ne peux détacher ton regard de celui d'Errare, ton corps s'engourdit.
— Mais non, chevalier ! Un moment j'ai eu peur, cette fois s'en est fini de vous, votre réponse est fausse. La phrase s'écrit bien :
Cinq heures <u>sonnent</u> au clocher de l'église.
Dans ce cas, il faut mettre le verbe au pluriel.
Mais attention, il faut écrire « il est cinq heures » et « cinq heures de l'après-midi est une heure agréable ».
Tu veux bouger, impossible d'esquisser un geste !
Le regard d'Errare te paralyse. Errare tend l'index de sa main droite dans ta direction.
Un éclair jaillit, tu as l'impression que ta tête explose !
Ainsi se termine ton aventure.

318

La pièce est fermée par une porte sans poignée. Tu approches la main, la porte s'ouvre sans que tu l'aies touchée. Un homme, au crâne énorme, est assis dans un fauteuil invisible, une planche flottant dans l'air fait office de bureau.
— Entrez, chevalier, je vous prie. Je suis mal-

heureusement prisonnier et je ne peux pas descendre vous accueillir. Voici votre épreuve. Vous devez remplacer les blancs par « étudié — étudiés — étudiée — étudiées » :

Nous avons ______________ cet ouvrage.

Cette page que nous avons ______________ était difficile.

Ces règles, nous les avions ______________.

Dans l'ordre, si tu as mis :

« étudié, étudiée, étudiées », lis le n° **346**.
« étudiés, étudiée, étudiées », lis le n° **336**.
« étudié, étudiés, étudiées », lis le n° **327**.
« étudié, étudiés, étudiée », lis le n° **308**.

319

Tu te tiens la tête à deux mains et tu essaies de ramper vers l'entrée. Horreur ! Une lourde porte de fer descend lentement pour fermer l'ouverture. Impossible de te relever, la douleur est trop forte, tu retombes à plat ventre. La porte continue à descendre. Tu rampes le plus rapidement possible vers la sortie. Ouf ! ça y est, sain et sauf ! Tu es dans le couloir.

Tu te reposes quelques instants pour récupérer. Lis le n° **98**.

320

— Hélas, chevalier, votre réponse n'est pas la bonne ! Le participe passé est mal accordé dans la troisième phrase. Elle s'écrit :

Ils se sont <u>parlé</u> cordialement.

Règle : le participe passé avec les verbes pronominaux
Le participe passé des verbes suivants est toujours invariable. Ces verbes ne peuvent jamais avoir de complément d'objet direct : se nuire — se parler — se plaire — se déplaire — se ressembler — se sourire — se succéder — se suffire — se survivre.

Tu perds deux points de vie.
— J'espère que vous avez suffisamment de forces pour aller jusqu'au bout. Bon courage ! chevalier. Tu lis le n° **325**.

321 A ta réponse le petit cyclope se met à grandir.
— Non, chevalier ! l'intrus était « ivoire ». « Ivoire » est un des rares noms masculins se terminant en « oire ».

Règle : oir/oire
Les noms féminins s'écrivent toujours *<u>oire</u>.*
Les noms masculins se terminent généralement par <u>oir</u>.
Exceptions : accessoire — interrogatoire — auditoire — territoire — observatoire — réfectoire — ivoire.

Tu t'enfuis de la pièce et tu lis le n° **4**. Tu as perdu deux points de vie.

322 Tu n'as pas le temps de réagir ; déjà des scorpions grimpent sur tes bottes et le long de tes jambes. Ils commencent à te piquer. Tu chasses tous ceux que tu peux. Mais la douleur te fait tomber à genoux. Les scorpions sont de plus en plus nombreux, d'autres tombent sur ton dos... Ainsi se termine ton aventure.

323 Tu fais seulement quelques mètres et tu es devant une porte fermée à clef. Tu frappes. Assez rapidement tu entends la serrure fonctionner. Un homme à l'air mystérieux ouvre et te fait signe de ne pas faire de bruit. Tu entres en silence : un garde est endormi sur une paillasse. L'homme te tend une feuille, tu y lis :

Si vous écoutiez les conseils de l'enchanteur, vous ______1______.

Si vous maniez l'épée adroitement, vous ______2______.

— Vous devez mettre le verbe « réussir » soit au futur soit au conditionnel. Que faites-vous ?

Si tu as mis le futur (réussirez) en 1 et le conditionnel (réussiriez) en 2, lis le n° **147**.

Si tu as mis le conditionnel (réussiriez) en 1 et 2, lis le n° **257**.

Si tu as mis le conditionnel en 1 et le futur en 2, lis le n° **198**.

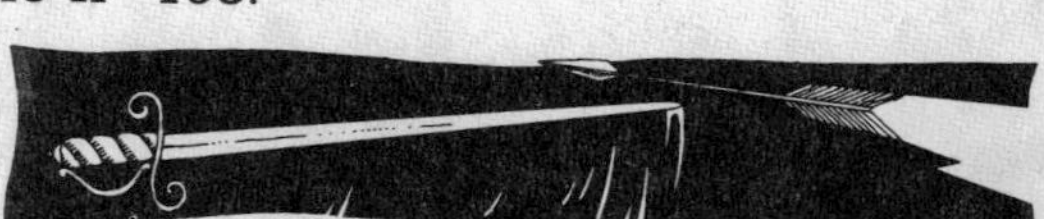

324 — Très bien, chevalier, te dit l'étrange créature. Il te semble que sa voix change et devient plus humaine.
— La phrase s'écrit, continue-t-elle :
Le pont qui enjambe la rivière est peu solide, on ne peut pas s'y aventurer sans risque.
« Peut » est bien le verbe pouvoir et « peu » est un adverbe de quantité.
Tu la quittes pour aller vers le nord puis vers l'ouest. Lis le n° **180**.

325 Quelques minutes de marche et tu distingues le mur est dans la pénombre.
— Ça y est, je suis au bout, penses-tu. Sur ta droite, une porte, tu frappes. Il se passe un long moment avant que la porte ne s'ouvre. L'homme qui t'accueille se déplace avec deux béquilles, ses jambes sont paralysées.
— Enfin ! chevalier, vous voici ! La rumeur vous avait précédé. Voici votre épreuve :
Je crains qu'il n'ai oublié la clef du coffre.
Le verbe « avoir » est-il bien écrit dans cette phrase ?
Si tu penses qu'il y a une faute, lis le n° **344**.
Si tu n'en vois pas, lis le n° **279**.

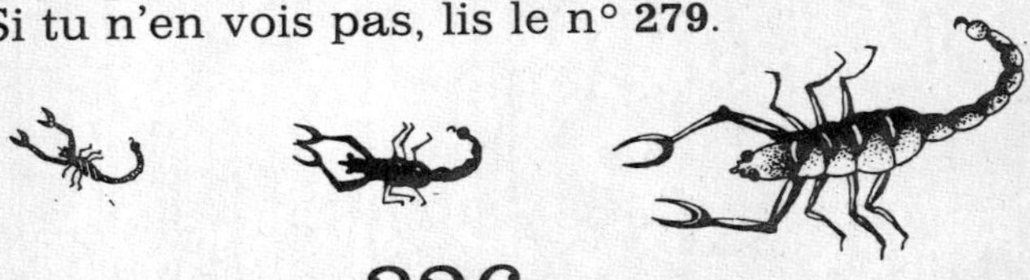

326 Ce n'est pas la bonne réponse, lis le n° **173**.

327 A ta réponse, l'homme se déplace en tous sens dans l'espace, sur son fauteuil invisible devenu « fou ».

— Au secours ! chevalier, au secours ! mais faites quelque chose, ignare !

Tout à coup le fauteuil se « calme ».

— Vous m'en faites de belles ! Môssieur le Héros ! Il fallait écrire :

Nous avons étudié cet ouvrage.

Cette page que nous avons étudiée était difficile.

Ces règles nous les avions étudiées.

> Règle : participe passé employé avec avoir
>
> *Le participe passé employé avec avoir ne s'accorde jamais avec le sujet. Il s'accorde avec le complément d'objet direct si celui-ci est placé avant le participe passé.*

Tu sors de la pièce en te maudissant. Tu perds deux points de vie. Lis le n° **342**.

328 Plus loin, vers l'est, tu vois une porte sur ta gauche. Tu entres : un homme, très maigre, le visage plein de verrues mange avec voracité.

— manbnjour, memalier, mantrez.

Tu comprends mal ce qu'il te dit, tu le lui fais remarquer.

— Excusez-moi, dit-il en s'essuyant les lèvres

d'un revers de la main. Lisez les phrases suivantes et remplacez les blancs par « qu'elles » ou « quelles » :

______1______ sont belles les forêts du royaume !

______2______ belles forêts nous avons traversées pendant notre voyage.

Si tu mets « quelles » en 1 et « qu'elles » en 2, lis le n° **176**.

Si tu mets « qu'elles » en 1 et « quelles » en 2, lis le n° **265**.

329

L'homme au gros nez saute de sa chaise et se précipite vers toi.

— Merveilleux, chevalier ! Tout à l'heure, je me moquais de vous, mais je le regrette, vous êtes vraiment très fort. Les phrases s'écrivent bien :

Les ouvriers se sont partagé la tâche.

Les soldats se sont partagés en deux équipes.

Sous l'effet du bombardement, la tour s'est partagée en deux.

Dans la première phrase, les ouvriers ont partagé la tâche, le complément est placé après le participe passé, donc pas d'accord. Dans la deuxième phrase, les soldats se sont partagés eux-mêmes, le complément est placé avant, donc accord. Même chose dans la troisième phrase.

— Mes félicitations, chevalier. Bon courage ! termine l'homme au gros nez.

Tu le quittes et tu lis le n° **229**.

330 Tu regardes les clefs que tu as prises aux gardes, mais aucune ne convient. Tu ne peux pas faire un seul des quatre mots. Tu jettes un regard d'excuse à l'enchanteur Grevisse.
Un tourbillon jaillit du sol, juste devant l'alcôve ; il te soulève. Tu luttes de toutes tes forces, mais rien à faire ! Il t'entraîne dans les couloirs du labyrinthe. Au bout de quelques minutes, tu te retrouves devant l'entrée ouest du labyrinthe. Il faut recommencer ta quête en veillant bien à explorer toutes les salles.
Tu lis le n° **1**.

331 Les yeux du sorcier deviennent fixes, ton corps s'engourdit.
— Mais, non chevalier ! Vous faites erreur. Il y avait bien une faute dans cette phrase, il faut écrire :
Les flèches tombent dr<u>u</u> sur les assaillants de la citadelle.
Dans cette phrase « dru » est employé comme adverbe, donc invariable. Par contre il faudrait écrire « des herbes drues poussent au bord des douves ». Après certains verbes, certains adjectifs neutres s'emploient comme des adverbes et restent invariables : bas, bon, cher, clair, court, creux, doux, droit, dru, faux, ferme, fort, franc, gras, gros, haut, juste, net, profond et sec.
— Désolé, continue Errare, vous êtes un valeureux guerrier, mais je vous l'ai dit, l'un de nous est de trop !
A ces mots, le sorcier tend l'index de sa main

droite vers toi. Un éclair jaillit, tu as l'impression que ton crâne explose.
Ainsi se termine ton aventure.

332 — Très bien, chevalier ! Réponse exacte. En effet seules « idole » et « insulte » sont au féminin. « Pétale, ivoire et vivres » sont masculins ; « vivres » est toujours au pluriel.
Tu t'en vas et tu te trouves à un croisement.
Tu lis le n° **250**.

333 L'homme au gros nez saute de sa chaise et se précipite vers toi.
— Mais non, chevalier ! Je doutais de vous, tout à l'heure, j'avais raison ! Votre réponse est fausse. Il faut écrire :
Les ouvriers se sont <u>partagé</u> la tâche.
Les soldats se sont <u>partagés</u> en deux équipes.
Sous l'effet du bombardement, la tour s'est <u>partagée</u> en deux.

> Règle : les verbes pronominaux
> *Observons où est placé le complément d'objet. Dans la phrase, « <u>les ouvriers ont partagé</u> la tâche », le complément est placé après le participe passé donc pas d'accord. Dans la deuxième phrase, les soldats se sont partagés eux-mêmes, le complément est placé avant, donc accord. Même chose pour la troisième.*

Tu perds deux points de vie. Tu t'en vas et tu lis le n° **229**.

334 Tu veux rouler sur le côté, mais tes réflexes sont émoussés, les flammes te lèchent le dos et te brûlent atrocement. Tu fais demi-tour en rampant. Quelques mètres plus loin, tu réussis à te relever pour partir en courant vers le nord.
Tu arrives à une bifurcation et tu lis le n° **230**.

335 Te dirigeant vers l'est, tu ouvres la première porte sur ta gauche. A peine as-tu pénétré dans la pièce qu'un filet s'abat sur tes épaules et t'emprisonne. Tu n'es pas revenu de ta surprise que déjà deux gardes te tiennent et t'attachent le dos au mur. Tu te retrouves maintenu par les pieds et les poignets, les bras en croix. Un des gardes se tient, debout, à dix pas, en face de toi, un arc à la main. L'autre s'assied sur une chaise.
— Chevalier, voici en quoi consiste votre épreuve, ce sera la plus difficile de votre quête. Je vais vous poser quatre questions sur le passé simple. A chaque erreur de votre part, mon camarade décochera une flèche sur vous et vous perdrez deux points de vie à chaque blessure. Voici la première question, répondez par oui ou non :
Au passé simple, les verbes du premier groupe en er (chanter) prennent :
ai — as — a — âmes — âtes — èrent.
Si tu dis oui, lis le n° **246**.
Si tu dis non, lis le n° **170**.

336 Ce n'est pas la bonne réponse, lis le n° **327**.

337 Le petit homme a l'air de plus en plus ahuri, non seulement tu l'as débarrassé du géant, mais en plus tu le libères du mauvais sort que lui avait jeté Errare.
— Juste, juste, juste ! merveilleux ! En effet, à part « être » et « avoir », tous les verbes ont les mêmes terminaisons au subjonctif.
Tu le laisses là et tu lis le n° **226**.

338 Tu te souviens : très fort ! très fort ! Ces mots résonnent encore dans ta tête. Avant de mourir le sorcier Errare avait répété plusieurs fois que tu étais « très fort ». C'est l'indice. Tu mets les quatre clefs dans l'ordre F.O.R.T. Le pêne de la serrure joue et la porte de l'alcôve s'ouvre. L'enchanteur Grevisse se précipite vers toi et te serre dans ses bras.
— Merci, chevalier ! Au nom du roi Littré je vous remercie. Vous avez accompli un exploit extraordinaire !
L'enchanteur Grevisse se retourne et prend un livre. C'est un ouvrage magnifique. Il est relié en cuir véritable couleur rouge, avec des enluminures à l'or fin sur le dos. De loin, tu en devines le titre : LE MANUSCRIT ANTHENTIQUE DE L'ENCHANTEUR GREVISSE.

Au fond de l'alcôve, il y a un coffre de bois, tu l'ouvres : le trésor du sorcier Errare ! Il contient au moins cinq mille pièces d'or, des diamants, des rubis, des émeraudes, des perles !
— Vite, dit Grevisse, sortons de cet enfer !
Il se dirige vers la sortie, tenant son précieux manuscrit sous le bras. Tu le suis chargé du coffre.
Lis le n° **350**.

339 Tu fais quelques mètres vers l'est, il y a une porte sur ta droite. Tu entres. Le long des murs, les bibliothèques sont vides ; par contre, des centaines de livres sont empilés par terre. Tiens ! Un petit homme en train d'épousseter un livre. Il te regarde d'un air ironique, comme s'il doutait de tes capacités.
— Chevalier, observez bien les adjectifs dans les groupes de mots suivants. Voyez-vous des fautes ?
1. des roses blanches 2. des foulards rouges foncés 3. des rubans cerises.
Si tu vois une faute, lis le n° **288**.
Si tu en vois 2, lis le n° **150**.
Si tu en vois 3, lis le n° **107**.
Si tu ne vois pas de faute, lis le n° **263**.

340 En sortant, tu te diriges vers la colonne située vers le sud. Au sommet de cette colonne, une immense statue figure un homme très richement vêtu, le

visage très maigre et un regard à te donner des frissons. Sans doute, le sorcier Errare, te dis-tu. A la base de la colonne, tu vois une porte.
Si tu ouvres la porte, lis le n° **22**.
Si tu préfères continuer vers le sud, lis le n° **172**.

341 Il était temps, ta réponse porte le coup fatal au sorcier Errare.
— Chevalier, un moment, mais non ! Vous êtes le plus fort ! Vous êtes plus fort que je ne le pensais. La phrase est écrite correctement :
Cinq heures sonnent au clocher de l'église.
Dans ce cas, il faut mettre le verbe au pluriel. Mais attention, il faut écrire « il est cinq heures et cinq heures de l'après-midi est une heure agréable ».
Tu veux te précipiter vers Errare. Mais déjà une spirale de fumée, au-dessus du fauteuil, remplace le sorcier. Celui-ci a disparu.
Lis le n° **243**.

342 En sortant de la pièce, tu te demandes si tu dois aller vers l'est, ou vers l'ouest.
Si tu vas à l'est, lis le n° **167**.
Si tu choisis l'ouest, lis le n° **300**.

343 Le petit homme est si heureux, il s'appuie si fort sur le dossier du fauteuil qu'il en tombe à la renverse ! Tu te précipites et tu entends un grand éclat de rire.
— Ah, ah, ah, ah ! Je suis libre... Vous n'avez pas confondu « quant à », « quand » et « qu'en » !
Tu laisses le bonhomme exultant et tu quittes la pièce. Tu lis le n° **233**.

344 L'homme, qui s'était assis, jette de joie ses béquilles en l'air.
— Parfait, chevalier ! Votre réponse est exacte. La phrase doit s'écrire :
Je crains qu'il n'ait oublié les clefs du coffre.
— Vous n'avez pas confondu le mode subjonctif et le mode indicatif.
Vous approchez de la fin, mais faites très attention n'épuisez pas vos force pour rien, la dernière épreuve est particulièrement difficile. Bonne chance, chevalier !
Tu quittes l'homme paralysé et tu sors.
Lis le n° **348**.

345 Dans une grande salle, un minuscule bonhomme au gros nez et aux longues oreilles est assis devant une table.
— Ah, voilà le héros ! dit-il d'une voix ironique. Entrez, je vous en prie. Voici votre épreuve :

1. Les ouvriers se sont ______________ la tâche.
2. Les soldats se sont ______________ en deux équipes.
3. Sous l'effet du bombardement la tour s'est ______________ en deux.
— Vous devez remplacer les blancs soit par « partagé, partagés, partagée, partagées ».
Dans l'ordre, si tu as mis « partagés, partagés, partagée », lis le n° **315**.
Dans l'ordre, si tu as mis « partagée, partagés, partagée », lis le n° **349**.
Dans l'ordre, si tu as mis « partagé, partagés, partagée », lis le n° **329**.
Dans l'ordre, si tu as mis « partagé, partagées, partagée », lis le n° **333**.

346

A ta réponse, l'homme descend tout doucement avec son fauteuil invisible et se retrouve sur la terre ferme.
— Magnifique, chevalier ! Merci ! Enfin je suis libre. Il fallait bien mettre :
Nous avons <u>étudié</u> cet ouvrage.
Cette page que nous avons <u>étudiée</u> était difficile.
Ces règles, nous les avons <u>étudiées</u>.
— Vous avez vu que, dans la première phrase, le complément d'objet direct est placé après le participe passé, donc pas d'accord. Par contre, dans les deux dernières phrases, le complément d'objet direct est placé avant le participe passé, il y a donc

accord. Bonne chance ! pour la suite, chevalier, je pense que vous avez les capacités nécessaires.
Tu t'en vas et tu lis le n° **342**

347

Le petit homme retourne se cacher sous la table.
— Faux ! faux ! faux ! non chevalier ! vos réponses ne sont pas bonnes, car...

> Règle : le subjonctif
> *Le subjonctif est toujours précédé de la conjonction de subordination que.*
> *— Tous les verbes, sauf les auxiliaires avoir et être ont les mêmes terminaisons. Ces terminaisons sont : e — es — e — ions — iez — ent.*
> *Avoir : que j'aie — que tu aies — qu'il ait — que nous ayons — que vous ayez — qu'ils aient.*
> *Etre : que je sois — que tu sois — qu'il soit — que nous soyons — que vous soyez — qu'ils soient.*

Un peu déçu, tu sors de la pièce.
Tu perds deux points de vie. Lis le n° **226**.

348

Voilà l'extrémité est du tunnel.
— Enfin ! j'y suis, penses-tu. Sur ta droite, une salle sans porte. Au milieu de la pièce, une estrade, et dessus, une magnifique châsse

s'élève. Tu t'approches. La châsse a la forme d'une pyramide dont trois faces sont vitrées. A l'intérieur, tu peux observer un livre richement relié. Le titre est écrit en lettres d'or.
— Le Manuscrit de l'enchanteur Grevisse ! te dis-tu, aussitôt.
Tu dégaines ton épée et tu casses une des vitres. Mais dès qu'elle est brisée, le livre disparaît. Ce n'était qu'un leurre.
— Ploc ! Ploc ! Quelque chose tombe du plafond et touche le sol. Malédiction ! des dizaines de petits scorpions tombent et rampent vers toi.
Si tu a plus de 13 points de vie, lis le n° **204**.
Tu en a moins de 13 ? lis le n° **322**.

349 Ce n'est pas la bonne réponse, lis le n° **333**.

350 Vous marchez depuis plusieurs heures à travers la forêt que tu avais traversée quelques jours plus tôt. Cette fois, tu as l'esprit moins préoccupé et tu prends conscience des multiples activités qui se déroulent le long de ce sentier. Les animaux semblent bien sympathiques dans ce château de verdure. L'atmosphère est remplie d'odeurs particulières.
L'enchanteur Grevisse marche silencieusement à tes côtés. Les copistes que tu as sauvés vous suivent en bavardant et en plaisan-

tant. Tu penses avec tristesse à tous ceux que tu n'as pas pu aider et qui sont restés dans le labyrinthe.

— Ne soyez pas triste, dit l'enchanteur, comme s'il avait lu dans tes pensées. Le sort qu'Errare avait jeté sur mes copistes a été rompu à sa mort, tout le monde est bien là.

Enfin, vous sortez de la forêt, à l'horizon se détachent les tours du château du roi Littré Ier. Dans la clairière s'avance un groupe de cavaliers, c'est le roi qui est venu vous accueillir avec sa garde personnelle.

FIN

Achevé d'imprimer
en avril 1987
par Carlo Descamps
à Condé-sur-l'Escaut
D. L. : mai 1986
N° imprimeur : 4605
N° éditeur : 353

Maquette de couverture et de mise en page :
Ulrich Meyer (Primart)

Dessin de couverture et illustrations :
Genia